KB145611

벌목 당한 기억 사이로

김상훈 수필집

작가의 말

날마다 쭈뼛거리며 다가오는 사유의 빛 점들이
내 안의 옹벽을 쌓는 흙으로 정착하기보다
하릴없이 저물다가는 낮과 밤처럼 종종 아프다
그것들은 며칠 혹은, 몇 달씩 닻을 내리고
내 사유의 굽은 등성이에 따개비처럼 증식하며
게으른 자아의 입자들을 무한정 휘젓는다
그럴 때마다 터무니없이 갈변하는 시구의 방점들
이제 갓 피어난 사유의 물꽃 위로
겹겹 떨어지는 기호의 빗방울들은 몸 버릴 곳 몰라
"벌목 당한 기억 사이로"
발신자 불명의 글 한 줄 남겨두고 홀연히 사라진다
혁명을 기대했던 햇살이 냉정하게 제 갈 길 가듯
몸 버리고 갈 줄 알았더니 몸 데리고 간다
한 시절의 다리를 건너간다는 것이 때로는
까실한 생의 사포질에 뼈까지 갉아먹히는 듯하여
수면 위에 눈물 한 잎 새기는 일처럼 아득하다

"벌목당한 기억들이 먼훗날 누구의 잎새가 되든"
고뇌에 동참했던 팬들, 김상훈의 뜨락 식구에게 감사드리고
이 시간에도 연탄불에 얼굴 디밀고 있을 아내 이숙자 씨에게
이 책으로 발생하는 기쁜 일이 있다면 아낌없이 모두 바치며
시음사 편집실과 김락호 대표님께 감사의 염(念) 드린다.

2018년 가을
작가 김상훈

* 목 차 *

1부 /

햇살 한 줌으로 피어난 엽신들

봄

엉덩이 참 실하게 생겼다. 옷고름 풀어헤치니 박속 같은 젖탱이가 덜렁 쏟아진다. 그년 참 먹음직스럽다. 앳된 얼굴에 남루한 치마저고리라 그저 그런가 보다 했는데 그게 아니다. 어디서 무슨 고생을 했는지 얼굴엔 땟국물이 흐른다. 숨을 헐떡이며 물을 마시는 뽄새가 필시 먼 곳에서 급하게 달려온 것이 분명하다.

입가 솜털이 노랑 병아리다. 칠흑같이 까만 머리칼, 희고 깨끗한 이마에 붓으로 그린듯한 눈썹이 초승달이다. 미간이 제법 넉넉한 걸 보니 마음씨 하난 푸짐할 거 같다. 미간이 넓다는 것은 정조관념이 다소 희박하다는 관상학적 의미도 담겨있다. 튼실한 골반에 펑퍼짐한 엉덩이가 너끈한 출산을 자랑할 것 같다.

한데, 봄이 정조관념이 뚜렷하다면 과연 그 많은 꽃을 피울 수나 있을까. 허공에 떠도는 씨앗들을 받기 위해 봄은 뿌릴 수 있는 난자를 최대한 뿌리며 날마다 불같은 사랑을 이어간다. 혹독한 한

겨울, 가녀린 수액의 통과의례를 거친 터에 그깟 사랑놀음쯤 일도 아니다. 아지랑이로 낭창대며 유혹을 멈추지 않는다. 종류를 알 수 없는 수컷들이 떼 지어 달려든다.

거절이란 없다. 아니 거절할 의무가 없다. 직립원인들을 비롯하여 생명이 있는 것들로부터 모두 환영을 받으니 도덕적 윤리적으로 비난받을 일도 없다. 짧은 기간 안에 최대한 몸을 팔아 생명을 잉태하고 볼일이다.

그러다 어느 길 위에 서서, 풀어헤쳤던 옷고름과 치맛단을 단속한다. 두터워지는 햇살, 뜨거운 바람과 잦은 비 내림이 이제 너의 소임은 다 끝났으니 오던 길로 다시 가라며 자주 신호를 보낸다. 조금만 미적대면 다가올 계절의 척후병들이 은밀하게 협박을 가할 것이다. 개울물에 허연 몸 정갈하게 씻고 길 떠날 채비를 서두른다. 한국적 토양의 섹시미마저 거두어간다. 다시 돌아올 거라는 언약을 남기고 봄은 머나먼 별로 길 떠난다.

초여름 이마에 분홍치마 걸어두고 왔던 길 자꾸 뒤돌아보며 간다. 꽃신 신고 마음 절며 간다.

여름

빨간 립스틱 짙게 바르고 온다. 노출증 심하게 걸려서 온다. 소싯적에 한참 놀아본 여자처럼 껌 짝짝 씹고 온다. 오자마자 서곡도 필요 없이 아리아와 레치타티보를 부른다. 그렇다고 잠정적 불신 따위로 바라볼 시각은 아니다. 한마디로 솔직한 거다. 솔직하기 때문에 거칠 것이 없다. 그것은 방종이 아니라 자유분방함이다. 더러 원색적 몸짓과 언어로 천박함을 드러내지만 뜨거운 햇볕이 여름 복판을 헤집을 때 살아 움직이는 것들이 모두 원색적이기 때문에 따로 뭐라 할 수 없다.

돌이켜보면 다 봄 덕이다. 풋사랑 질펀하게 나눌 때 넉넉하게 쏟아낸 육즙으로 이 땅에 수태와 잉태를 제공했던 봄의 보시다.

전형적인 도시 여자처럼 농염한 자태로 쉼 없이 정념을 불태우는 여름, 폭염으로 천지간 양기가 포화 상태에 이르러도 오직 음기 하나로 꼿꼿하게 버틴다. 때로는 그 음기가 차고 넘쳐 “나는 지난여름에 너희들이 한 짓을 알고 있다”는 투로 천지를 뒤엎는 태

풍과 해일로 엄포를 놓곤 한다. 그러다 한껏 높였던 응징의 각도가 제풀에 꺾일 즈음 잠시 쉼표를 찍다가도 뭔가 분이 안 풀린 듯하면 몇 번쯤 더 공갈을 치기도 한다. 불행하게도 그 뒷수습은 항상 인간들 몫이다.

뜨거운 팔월의 함성이 어느 틈엔가 이별의 권주가로 목청을 높힐 때 정작 팔월과 구월의 힘겨루기가 조금 거칠어진다. 이월과 구월, 십일월만큼이나 모호한 날들이 있으랴마는 부정할 수 없는 점은 구월쯤에 이르러 여름이란 결국 철 지난 계절에 속한다는 사실이다.

그때쯤이면 달빛마저 흔들려 태양의 체공 시간이 짧아지고 서쪽 하늘로 무엇인가가 조금씩 몰려가는 느낌이 든다. 깊고 넓어진 저녁노을 속에 가끔 낮달이 먼저 나와 게으른 별들을 일찍 깨운다. 지상은 한창 성인이 된 생명들로 어수선하지만 성급한 시인들이 가을 복판을 달려갈 때에 여름은 옷소매 거두고 결실을 위한 준비에 들어간다.

소나기 그친 뒤 급작스레 서늘한 바람 불듯 어느 날 불현듯 서편으로 사라져가는 여름, 그 후미에 가을 첨병이 슬금 미소 띤 얼굴로 나타난다.

가을

그동안 어떻게 살았느냐고 묻지 않아도 다 알고 있을 텐데 뭘 묻냐는 듯이 온다. 무엇인가 깊고 넓어 무엇이든 다 받아줄 것 같은 중년 여인으로 온다. 와서는, 팔소매 걷어붙이고 봄과 여름의 우레가 울렁거리던 들녘의 천연섬유에 염색을 한다.

광합성 요란한 어느 한때, 웬 화냥년이 립스틱 짙게 바르고 나타나 천지 사방에 싸질러 놓았던 사생아들, 그 아이들을 돌보느라 반가사유상의 사유를 떠안고 깊은 고뇌에 빠진 가을이 어디쯤 이르러 급전직하 저승꽃 문신 선명한 은행잎이나 들녘의 갈잎과 동일한 처지가 된다 .

오메 단풍 들겄네 외치던 김영랑의 소리도, 메밀꽃 필 무렵의 봉평 장터 왁자한 소음도, 탱자나무 가지 사이로 피어오르는 저녁 연기도 가을이라는 중년 여인의 넉넉한 품이 굿 대신 객귀 물림 해준다.

어떤 면에서 가을은 황량한 사막의 타조 같다. 그렇게 연상이 된다. 황갈색 모래 바다에 듬성듬성 솟아난 덤불 곁에서 알을 품고 있는 타조다. 좀 생뚱맞지만 그렇게 연상되는 이유는 가을색 톤이 그렇고, 낙화가 그렇고, 결실이라는 의미가 그렇다. 알이 부화하기까지 모래바람을 온몸으로 막아가며 알을 보호하는 타조, 알을 깨고 나올 새끼를 생각하면 가을은 영락없는 타조다.

알맹이를 뺏기고 홑청만 뒤집어쓴 가을, 통풍처럼 스며드는 소슬바람에 옷깃을 여미고 사뭇 쓸쓸한 표정으로 호숫가를 맴돈다. 무생의 이치를 깨달은 일회용 종이컵이 허리쯤 어딘가 심하게 구겨진 채 호숫가 벤치에 놓여 있다. 먼발치서 보니 미완의 조각품이 반쯤 꺾인 느낌이다. 손끝에 닿는 힘이 떨어져 결국 모든 것이 무연임을 알게 된 낙엽들이 먼지로 분칠을 한 얼굴로 땅바닥을 뒹군다. 종이컵에 든 내용물이 무엇이었든 그 내용물이 비워진 순간부터 종이컵은 거의 무용지물에 지나지 않지만 알맹이를 뺏긴 가을이나 내용물이 비워진 종이컵이나 일단 자기 소임을 다 마친 셈이다.

가을이 떠날 때는 다소 수척해진 중년 여인의 모습으로 빨간 우체통 속에 가을 엽신 한 장 넣고 떠난다.

겨울

풍만한 가슴으로 한 세상 주유하다 납작해진 가슴으로 한 생을 마감하는 여자의 일생처럼 온다. 연골이 마르고 허리가 꺾인 할머니처럼 온다. 겨울이 겨울을 다독이러 온다.

영양기 빠진 햇살에 저녁노을 붉지 않다. 서산마루 길게 누운 산 그림자 유독 검다. 찬 서리에 이완된 햇빛이 항암의 그것처럼 성성해진 나무 숲을 중풍 든 깃털로 힘겹게 일으켜 세운다. 묵념처럼 단단한 침묵을 비틀고 간헐적으로 들리는 산짐승 소리가 모든 계절의 골 깊은 추락을 알린다. 겨울 숲이 벗지 못하는 잿빛 어둠이 날짐승들의 옹색한 옆구리를 타고 어디에도 깃들 곳이 없어 허공을 부유한다. 생선뼈처럼 살 발린 나목의 가지들, 얼었던 도랑물 빗장 풀리는 날 너의 슬픔은 거기서 끝난다, 겨울이여.

언제나 마르지 않는 풀기에 겨워 삶을 주체하지 못했던 푸른 잎사귀, 극과 극이 싫어 여름을 피해 왔건만 중도를 걸었던 가을이 재빨리 환치기 당하는 통에 겨울 몸은 온통 불온한 씨앗들만 품고 있다. 휴지처럼 구겨진 흰 산에 그나마 눈꽃마저 없다면 허무가 어디 따로 있으랴. 눈꽃은 죽지 않고 거듭 명멸하는 희망이기 때문이다. 비록 외투 한 장 걸친 겨울이지만 콘크리트 도시에도 한적한 산골짝에도 눈꽃 같은 희망이 있는 것이다. 겨울은 단지 꽝꽝 얼어 죽게만 하는 것이 아니라 자생 능력을 키우는 변곡점이다.

겨울이 겨울을 다 말할 수는 없을 터다. 그런 연유로 아픔을 묻지 않는다. 한때 융성했던 푸른빛의 비망록이야 언제든지 반추할 수 있지만 할머니가 된 까닭을 너무나 잘 알기에 추억 따위에 결코 얽매이지 않는다. 보다 사실적이고 현실적인 것, 보다 근본적이고 본질적인 것이 더 우선일 따름이다. 발가벗은 몸, 비록 외투 하나 걸치고 바람처럼 온 산야를 떠돌지만 겨울은 보이지 않는 곳으로부터 신호를 받고 은밀하게 내통을 한다. 우리가 모르는 가녀린 수액의 통과의례다.

크고 작은 봉우리 사이로 도랑물 수만 생 곡조 울리고 물 묻은 바람 산 빛에 눈 닦으며 새소리에 귀를 세워 물소리에 오장을 씻노라. 저 무생의 설법을 들려줌은 본시 생멸이 없음을 일깨워 모든 것이 찰나 생 찰나 멸이라 이르니 삶의 근을 어디에서 찾든 무생의 본만 깨우친다면 살고 죽는 것이 무에 두려우랴.

겨울은 지팡이에 의지한 채 등 굽은 할머니처럼 사라진다.

고엽

추수라는 이름으로 황금빛 찬란한 가을을 넘기고 겨울 끄트머리와 이른 봄, 야산에서 흔히 볼 수 있는 고엽을 유심히 보고 있노라면 지금까지 지나온 삶의 무게를 고스란히 짊어지고 있는 형상이다. 햇빛과 바람에 씻겨 물기라곤 전혀 찾아볼 수 없다. 흙과 먼지로 짙게 분칠을 했거나 살짝만 스쳐도 바스락 부서지는 고엽일수록 그 느낌은 더욱 강렬하다.

햇빛에 반짝이던 짙은 초록의 껍질이 윤기는 점차 사라지고 칼날 같던 빳빳함도 모두 사라진다. 저항과 응전의 짙푸른 시대를 마감하고 남은 생을 위하여 곱다시 겸허해진 모습이다. 더러 삶의 무게에 짓눌려버린 형상이기도 하지만, 떠날 때를 아는 저 고엽은 항상 윤회의 척후병으로 기록된다.

우리 인간의 삶은 필요 이상 고품격으로 회자되고 죽음에 대한 가치마저도 필요 이상의 점수를 획득하는 것은 아닐까.

지독한 물빛

이렇게 해빙의 계절이 오면 나는 늦가을이 떠났다 돌아온 느낌을 지울 수 없다 이 지울 수 없는 느낌은, 계절이 털갈이할 적마다 무공(舞攻) 깊숙이 농밀한 언어로 저마다 예찬을 아끼지 않는 시인들조차 그리움이라는 말로 얼버무릴 때 더욱 확연해진다 그리움이라는 단어가 능사는 아닐진대 계절의 마디와 그 마디를 잇는 이음매까지 그리움은 넓게 펴져 있다.

그것은 마치 낡은 쇠 파이프 안에 물든 붉은 녹 같기도 하고 오래된 우물 안의 청청한 이끼 같기도 한데 전분이 섞인 액체처럼 지독한 물빛을 띠고 있다 그래서 나는 지독한 물빛을 그리움과 눈물의 알레고리로 엮고 싶다 그리하여 어느 계절이든 나는 계절을 일컬어 곧 지독한 물빛이라고 말하고 싶다.

산사가 쓸쓸한 이유

때깔 고왔던 색동옷 벗어버리고 겨울이면 낮이야 밤이야 수묵천지로 변한다. 그리하여 산이 산을 다 경험하지는 못할 터이다. 하지만 한겨울에도 연둣빛 초롱한 계곡이 있어 가녀린 수액의 통과의례가 참으로 옹골차게 느껴진다. 고생대의 진언(眞言)이 어디 따로 있으랴.

그런데 자세히 귀 기울여 보면 소란스럽고 잔망스러운 것은 산을 오르내리는 사람들이지 결코 산이 아니다. 인간에 의해 무심히 밟혀 죽는 이름 모를 풀벌레와 잔가지조차 산이 내뿜는 태고의 호흡 속에서 오만 가지 세상사 해법을 깨우치건만, 열 가지는커녕 자연과 벗하는 단 한 가지 의미조차 제대로 깨우치지 못하는 동물은 오로지 인간뿐이다.

어느 날 산이 품고 있던 수억 겁(劫)의 언어가 대량으로 풀려 해금 사태가 벌어진다면 그 엄청난 사태를 여느 산사태와 감히 비교나 할 수 있을 것인가. 그러한 조짐을 아는 산사는 그래서 더욱 쓸쓸한지 모른다.

명료했던 6월의 어느 날

한낮의 햇살이 폭죽의 불꽃처럼 눈부시게 쏟아진다. 밤새 조항을 마친 통통 선들이 굴비 엮이듯 밧줄에 엮여 일렁이고 있다. 잠깐 바라보고만 있어도 땅바닥이 움직이는 것 같아 속이 메슥거린다. 왁자한 소음 속에서도 기차 화통 삶아 먹은 목소리들이 귓속을 파고든다. 햇빛만큼이나 맑고 명료한 자갈치의 음성이다. 수십년을 이 도시에 살고 있으면서도 이들의 언어와 음성이 나는 아직 천승세의 빙등(氷燈)에서처럼 모스부호같이 생경하다. 자갈치 시장 입구에서 냉동 창고까지 걸으면서 나는 그 모스부호를 해독하느라 정신이 없다.

"하이거~ 내 인자 저누무 세끼덜 말 들으모 고마 개세끼로 조상을 삼을끼닷!"

"빙시 자석, 그라이 니가 돌때가린 기라. 이 문디이 셰꺄!"

"니김, 내 염체 엄써가 우예 살긋노? 항차한다꼬 베락같이 드가 끄사보이 씨벨눔덜은 할랑~해가 코꾸멍이나 후비싸코. 카악, 퉤! 내 참말로 앵꼽고 더러바서...."

"크크, 꼬부면 니가 하와이 가라메. 동거이가 안 그라드나 와."

"히히히, 끄으끄으, 킥킥...."

"초뿔이고 나발이고 나라 꼬라지가 이기 머꼬?"

"머시로, 초뿔이제."

"시발누마, 눈 초뿔인지 몰라서 묻나?"

"에지간한 삼이다카모 얼라덜까지 고레 나서겠나"

"우째 조짐이 안 존기라...."

"인자는 파이다. 쎄빠지게 일로 해보이 기름 땀시 감당이 불감당이고...."

"씨발끄."

"야야, 다깡아~~! 그짜다 노모 내는 우짜라꼬?"

"아,예. 퍼뜩 치울 낌니더. 그라고 자꼬 다깡 다깡 하지 마쏘. 쫌!

할매 담치 판다꼬 담치 담치 하모 조켓능교?"

"알따, 가스나야! 잘몬하모 니 내 치겄네."

"내 아레께 허리 삑따구 뿌가지는 중 아랏때이."

"내나 온천장서 말가?"

"은지, 조방 앞서 말다. 키키, 내 얼척엄써가 말또 안 나온다카이. 가스나덜 자알~ 놀데~

내하고, 옆불때기, 야시, 그라고 가가 누고? 아, 따봉캉 조방 앞 고마 사악~ 안 씨러삐릿나."

"긴데 허리 삑따구가 와 뿌아지노?"

"쿡쿡, ㅡ 내 웃어바서.... 두 놈이 따악 걸린 기라.

그래가꼬 한 모텔에 우칭 아래칭 딜라 놓고

밤새도록 울로 아래로 띠대님서 빠구리했다카이. 풉!"

"짚었다 카모 맥통 아이겠나! 느거 자꼬 내 눈까리에 비제. 앙이?"

"그기 아임더. 중핵교 행님덜이 그카 안 하모 패 직인다꼬 했심더."

"중핵교? 내나 요짜 송더 아덜 말가? 하아, 요요~ 상녀러세키덜이.... 택또 엄따!"

"그카 안 하모 맨나동 돈 뺐을 끼라 캄시로...."

천두웅~ 사안~ 박~달~재를~울고 넘는 우~리~님아~ 질벅거리는 바닥을 기어 다니면서 물건을 파는 다리 없는 사내. 조악한 물건 몇 개 올려놓고 낡은 스피커에 생존을 의지한다. 생존의 값어치는 그의 몸짓과 표정, 다리를 감싼 고무에서 더 높은 동정표를 획득한다.

새벽과 오전에 고된 일을 마친 짐꾼 아저씨는 거나해진 낮술에, 늘어진 러닝 사이로 까만 젖꼭지를 드러내곤 자기 삶의 버금가는 소중한 리어카 속에서 정물처럼 잠들어 있다. 세상에서 가장 편안한 자세다. 사람들의 부산한 움직임이 꼼장어 냄새와 뒤섞이고 종류를 마다하지 않고 자갈치 시장을 점령하고 있는 비릿한 생선 냄새가 순수한 갯내음과는 사뭇 다르게 후각을 자극하지만 자갈치는 예전이나 지금이나 생생하게 살아 움직이고 있다.

눈부신 6월의 어느 날 나도 명료하게 살아 있었다.

계절에는 냄새가 있다.

말하기가 때로는 침묵하기보다 어렵다. 계절의 언어는 그래서 소리가 없는 형(形)이고 색(色)인지 모른다. 더 기막힌 언어는 바로 냄새다. 이 역시 형상만 없을 뿐 단순한 침묵이라기보다는 무형과 무색, 무음으로 진동하는 언어다.

수유로 얼룩진 배냇저고리 냄새 같기도 한 봄은 어느 땐 마치 비릿한 논두렁 냄새 같기도 하다. 뙤약볕 한아름 머리에 이고 한약 냄새 폴폴 풍기는 여름 숲이, 여름을 보내면서 인간이 모르는 계절의 덧셈과 뺄셈을 모두 끝낸다. 분말가루처럼 더께로 쌓인 비포장도로의 먼지층이 가을을 재촉할 즈음 가을이 언제냐 싶게 곧잘 겨울로 환치기 당하는 것이 못내 아쉽지만, 송장 메뚜기의 송장 냄새와 제 할 일 끝내고 탈곡기에서 이탈한 볏단 냄새를 가을 냄새라고 우긴다 한들 어이 부정할 수 있겠는가. 그러나 볏단은 끈질기다. 고생대의 화석처럼 얼음 속에서 간혹 투명하게 살아 있는 모습을 발견하는데 서리 낀 녹황의 겨울 하늘만큼이나 냉랭한 냄새가 난다. 겨울 냄새는 다른 거 없다. 군불 지핀 따뜻한 아랫목에 있다가 창문을 열었을 때 느닷없이 불쑥 찔리는 날카로운 바람 냄새다. 콧구멍을 찔려 속이 쨍하다 못해 흘금 눈물이 다 나는 것, 그것이 바로 겨울 냄새다.

형상이 없는 침묵의 언어다.

달빛 산책

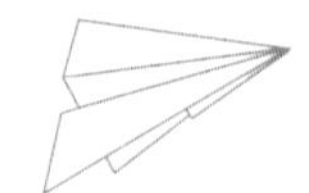

자그마한 야산이지만 바로 코앞에 누워 있는 산엔 약수터와 무엇인가에 빌고 기도할 수 있는 바위들이 약간은 엄숙한 표정으로 마치 보이지 않는 령(靈)의 무덤처럼 앉아 있다. 팔부능선 약수터에 다다르면 큰 바위마다 천 년의 전설 하나쯤 비장하게 품은 채 밑으로 굴러내릴 것 같은 폼으로 서 있다. 여기저기 촛농 자국으로 하얀 동맥 줄기가 선명하게 나타난 자리엔 풀벌레 종음을 고하고 찬 이슬 나직이 내려 아직도 제 몸 하나 미처 감추지 못한 성성한 나목이 아이를 낙태한 처녀의 몸짓으로 돌아앉아 있다.

한때 몽유병 환자처럼 밤이 이슥해서야 자주 그곳을 오르곤 했다. 어느새 별은 잉어 눈처럼 끔뻑이고 도시의 불빛은 나팔꽃 줄기처럼 뻗어 가는데 산색은 어둠에 야금야금 먹혀가고 세상에서 제일 큰 별인 달이 더러 구름에 가려 보이지 않을 땐 하늘 복판에서 유달리 영롱하게 빛나는 별 하나 재빨리 등불을 켜곤 했다.

오늘, 새벽녘 약수터를 내려오면서 나는 생각했다. 인생이란 언제까지 초경만 치르면서 살 수는 없는 거라고, 언젠가는 폐경을 신고하고 다시는 월경을 할 수 없는 먼 뒤안길을 가야 한다고, 그러기에 인생은 월경을 하는 동안 월경 빛깔만큼이나 순수하게 살아야 한다고. 오늘 저 달이야 내일이면 또 다시 떠오를 터이지만 그러나 오늘의 달 모습이 내일의 모습과는 같을 수 없는데 하물며 우리네 인생이야.

적요(寂寥)와 섹스

갈바람 소리 가득한 방파제 한쪽에 목선 하나가 가로등 불빛에 졸고 있다. 마치 정(靜)과 동(動)이 자웅을 겨루는 듯한 느낌이다. 그 순간 나는 심하게 적요를 느끼면서 왜 섹스 생각이 났을까. 맨 꼭대기 층에서 내려다보는 밤바다는 마치 희미한 전등 아래 알몸으로 뒹구는 남녀 같다. 때로는 거칠게, 때로는 부드럽게, 그러다 간헐적으로 들려오는 파도소리가 농밀한 적요를 깨고 맨살 부딪히는 소리로 들렸다. 담배 한 개비를 다 태워 버릴 즈음 비로소 나는 그 이유를 알았다. 이렇듯 계절이 바뀔 때면 자연의 어느 한 귀퉁이는 석별의 정념을 불태운다는 것을.

비단 어느 한 귀퉁이만 불타는 것이 아니다. 지상은 변태를 위한 몸부림으로 소란스럽거니 부산하다. 변태니까 변태행위답게 온갖 육즙을 짜낸다. 자웅동체가 있는가 하면 수컷 암컷이 지천으로 널려있다. 바람조차도 암수다. 가만히 귀 기울여보면 계절과 계절이 교차할 때마다 바람소리가 다르다. 신음소리다. 어느 때는 비명소리가 난다. 잦아들거나 커지거나 죽거나 까무러치기다. 절정에 달해 사정을 하거나 오르가즘을 느끼면 반드시 남기고 가는 것들이 있다. 잉태다.

때로는 차고 넘치거나 턱없이 부족하다. 자연의 철저한 계산법이다. 지상을 다스리기 위한 수순이다. 자연스럽게 경외감을 심어준다. 한 뼘의 햇볕이 얼마나 소중한지를, 한 움큼의 공기가 얼마나 고귀한가를, 한 방울의 물이 얼마나 가치가 있는지를 깨닫게 한다.

자연이 지상을 다스리기 위한 궁극의 결과는 모든 생명체의 멸망이거나 진화다.

그물에 걸리지 않는 바람처럼

여행용 가방 하나만 덩그러니 들고 어느 국도에 내려서던 날, 허공을 가로지르는 잠자리 날갯짓에 보석같이 현란한 가을 햇살이 묘한 빛으로 부서지고 있었다. 경사가 완만한 내리막길을 내려가니 자갈밭을 사이에 두고 깊지도 않고 가늘지도 않은 실개천이 그림처럼 흐르고 있었다. 바닷가 근처에 개천이 있다는 게 조금은 신기했다. 아니 평소 바닷가 근처에는 개천이 없다는 편견으로 살아왔는지 모른다.

어떤 형태의 일탈이든 부득불 용기를 내지 않으면 미처 행하기 어려운 일임을 염두하고 떠난 길이었지만, 예정하지 않았던 바람쏘임은 예정하지 못한 발 묶음이 돼 버렸다. 하지만 특별히 눈여겨 볼만한 건더기가 전혀 없는, 지극히 평범한 곳이었다. 사는 것이 눈물겹고 번잡한 도시가 문득 싫어 나선 길이었다.

몽글몽글한 자갈 틈 사이로 개미 행렬이 끊임없이 움직였다. 잠시 쪼그리고 앉아 그들의 행렬을 유심히 살펴보았다. 어디선가 산새 울음소리가 도랑물 소리를 누르고 귓전을 울렸다. 한 움큼의 바람이 갈색으로 물든 이파리를 흔들고 내 머릿결을 쓸었다. 저 멀리 짙푸른 바다가 앞 태 뒤 태를 보이며 일렁였다. 햇살이 슬금 두터워지고 있었다. 개미들은 주변이 어떻든 아랑곳하지 않는 눈치였다. 생의 섭리를 터득하면서 부지런히 자기 몫을 이행하는 모습이었다.

그래, 돌아가자. 이 무슨 배부른 한갓짐일까. 세상을 만든 조화옹의 섭리가 어떻든 나 역시 자연의 일부인 것을. 삶이란 어차피 눈물겹고 번잡하기에 결국 내가 짊어지고 갈 짐 아니던가. 물처럼 바람처럼 살면 될 것이었다. 머릿속에선 그 말이 자꾸 맴돌았다. 내려섰던 국도에서 다시 버스를 기다리며 나는 그날의 개미들과 물, 그리고 그물에 걸리지 않는 바람에게 작별을 고했다.

빛의 무게

내리쏘는 빛도 무게가 있다는 사실을 이즈음에야 알았다. 바람은 물리적 충돌이라도 존재하지만, 눈부심과 피부에 닿는 따사로움을 빼면 빛은 물리적 무게를 전혀 느낄 수가 없다. 모든 감각을 뛰어넘은 새벽의 불가해한 남빛, 먼동이 틀 무렵 창틀 먼지에 엷은 띠를 두르는 금빛, 눈이 부시다 못해 몸이 부유하는 듯한 한낮의 빛 격랑, 그것이 빛의 무게다.

빛 속에는 서로 견제하는 애무가 있다. 물리적이든 화학적이든 소용돌이 때 생기는 거품 같은 것도 있다. 중력 때문이다. 빛의 애무와 거품을 어찌 필설로 설명할 수 있으랴. 그러나 오히려 설명은 불가능해도 표현은 가능할지 모른다. 설명보다 더 어려운 것이 표현인데 이렇듯 표현이 가능하다면 빛이야말로 이상한 괴물이다. 닿는 것으로 지상의 모든 것들이 피어나고 자라나며 때로는 사망에 이르게 한다. 지독한 애무다. 닿는 것으로 굴절되고 반사한다. 거품이다. 상상도 할 수 없는 먼 거리의 행성마저 알려주는 엄청난 거품이다.

빛에도 희로애락이 존재한다. 봄빛, 여름빛, 가을빛, 겨울빛이다. 각각 무게가 다르다. 태양과의 거리에 따라 쏟아지는 빛 질량의 법칙을 말함이 아니다. 같은 크기의 입자임에도 계절마다 빛은 희로애락이 서려 있다. 떠돌다 부서지는 입자가 아니라 입자가 곧 덩어리이며 덩어리가 곧 입자인 셈이다. 비처럼 눈처럼 내릴 때가 있다. 일렁이거나 펄럭일 때도 있다. 몇 억겁(億劫)의 영상들이 출렁이고 가깝게는 천 년의 반사들이 거품을 일으킨다. 우주의 오장육부 또는, 동맥과 정맥에 가까운 빛은 해부가 불가능하다. 그러므로 생을 논할 수 없는 불가해한 존재지만 어둠이 있어야 실존하는 비존재이기도 하다. 만일 어둠만 존재한다면 빛의 무게가 제로가 된다는 것은 당연한 일일 것이다.

더러 존재와 비존재가 함께 할 때 비존재였던 것이 더욱 빛을 발할 때가 있는 법이다. 그 무게 역시 그만큼 늘어나지 않을까.

2부 / 머나먼 우체국

오월 같은 여자

바람의 방향이 속내를 들킬 것 같은 눈부신 햇살이었다. 바람의 등을 타고 남단 끝자락에서 다가올 오월의 신부는 예전에 그랬듯, 이번에도 필시 화장기 없는 얼굴로 나타날 것이었다. 이를테면 틀에 머리인 양 말아 올린 먼 산봉우리의 휘부윰한 톤이 그랬고 유예된 빛이 없는 푸른 바다 색깔이 그랬다. 현기증이 날 정도로 맑은 바람이 내 기억마저 쓸어버리는 아침이면 해를 어깨에 걸머진 산의 키가 훨씬 낮아 보였다.

빛으로 둥근 갓을 쓴 오후, 어느 곳에서나 눈을 들면 까만 도포 위로 아지랑이에 눈시울이 아렸다. 너울춤을 추는 아지랑이를 보면서 나는 사막 한가운데를 지나가는 낙타라고 생각했다. 그러다 신기루가 나타나듯이 어디선가 불쑥 아카시아 향기가 나는 것 같기도 했다. 저녁나절이면 고금(古今)의 비밀을 간직한 낙조가 차고 비는 자연의 이치를 상영했다.

사나흘, 올망졸망한 작은 어촌에 머물면서 나는 이와 비슷한 느낌의, 오월 같은 여자와 마주쳤다. 단정한 입성에 다소곳한 몸가짐, 별것 아닌 말 건넴에도 특유의 우물거리는 소리로 귓불이 발개지곤 했지만 용기를 내 쳐다보는 눈빛은 고즈넉한 호수처럼 그지없이 조용하고 맑았다. 그런데 그녀의 몸에선 제철도 아닌데 왜 산국화 꽃 향기가 났을까.

붉은 벽화 그리는 저녁나절, 바닷물에 반쯤 몸을 담그고 먼 시선으로 수평선을 하염없이 바라보며 오장육부가 뒤틀리는 듯 꺽꺽 우는 여자를 보았다. 눈에 익은 헤어스타일과 옷이었다. 제철도 아닌데 산국화 향기가 나고 몸 태가 나고 눈빛이 마치 오월 같았던 그 여자였다.

평소 궁금했던 그녀에 대한 의문이 차츰 풀리기 시작했다. 머리통만 한 탁배기 잔을 단숨에 비우자 그녀의 입술 끝 막걸리가 강원도 사투리로 뚝뚝 떨어졌다. 녹슨 문고리가 유독 눈길을 끌었던 허름한 술집에서 탁자를 가운데 두고 마치 나는 무슨 잡지사 기자라도 되는 양 메모지를 들고 마주 앉았다. 그녀의 말을 적는 게 아니라 그녀의 말이 끝나기가 무섭게 그저 위아래로 줄긋기만 하는 그런 메모지였다.

마을 나들목이 츠렁 바위 칼 벼락인 홍천 어딘가가 고향이라는 그녀는 다락 밭에서 죽도록 일만 하다 까막눈으로 열여섯에 시집

가던 첫날밤, 그 길로 야반도주했단다. 평생 그녀의 도시는 꿈이 아니었다. 존재적 내상만 키운 감옥이었고 찔레꽃 자지러지게 피면 돌아올거나 애끊는 엄니에겐 죽도록 갚을 빚이었다.

막서리 밥으로 연명하다 흘러 흘러 남단 끝자락까지 오면서 떠도는 팔자에 무슨 이름표가 있겠느냐며 두 번 만난 남정네가 모두 모진 뱃놈이고 바다에서 죽었다 했다. 턱수염 까실한 마지막 남정네가 미치도록 그리워 꺼이꺼이 울던 그녀 뒤에서 까닭 모를 서러움으로 나도 모르게 눈물이 그렁거렸던 것이다.

상황을 잃어버린 그녀의 얼굴에서 생에 대한 기막힌 손사래가 보였다. 산국화 꽃 향기와 입술 끝 막걸리 사투리가 혼합돼 그동안 각인되었던 이미지가 마구 흔들렸다. 지극히 감성적으로만 느꼈던 그녀의 겉모습과는 달리 투박하기 이를 데 없는 그녀의 생을 훔쳐본 나로선 그 감성 때문에 무엇인가가 더욱 끓어올랐다. 양면성 아니라 너무나 상반된 것들의 충돌 같은 것이었다.

화장실을 다녀오겠노라던 그녀는 돌아오지 않았다. 아니, 내가 그 어촌을 떠날 때까지 그녀의 모습은 종내 볼 수가 없었다. 남긴 흔적이라곤 그날 탁자에 놓고 간 그녀의 머리핀이 전부였다.

생이 부동의 함수라는 것은 거짓이다.

화두, 그 빌어먹을

연초록빛 눌눌한 하늘, 바람 한 쌍 시비가 멎자 꽃 비가 내렸다. 하늘 갠 날 눈부신 변이었다. 아침이면 어김없이 옥란(玉蘭) 가지에 앉아 잰걸음 잣 디디며 귀 따갑게 자기 존재를 알리는 꾀꼬리. 그 소리는 투박한 원시성을 감추지 못하고 수려한 우관(羽冠)이 떨리도록 아침 강 노 저어 가는 피 울음이었다. 그때쯤이면 필시 마당 어귀에 쌓인 꽃잎을 쓸어내라는 큰 스님 당부도 까맣게 잊은 채 아침 식곤증으로 어디선가 입 달싹거리며 졸고 있을 동자승이 떠올랐다.

하루 중 절반은 분명히 눈부신 낮이건만 달포를 암자에 머물면서 이상하게 나는 달빛 없는 밤과 새벽만 무수히 보았다. 아침에 잠시 마당 어귀에 내린 꽃비를 보곤 아침 공양도 거른 채 곧바로 혼곤한 잠 속으로 빠져들었다. 눈부신 낮을 볼 수 없었던 이유였다. 어제의 희로애락은 거짓이고 오늘의 희로애락은 진실이네. 어째서 그런가. 절집에서 공양 보살로 있기엔 너무 앳된 공양주를 보고 계속 의문을 품었던 것처럼 어느 날 새벽 큰 스님으로부터 이런 화두를 받곤 머리가 지끈거렸다.

빌어먹을, 대체 그 화두랑 나랑 무슨 상관이란 말인가. 하산하는 날까지 그 화두는 종내 풀리지 않았고 내 배낭 속엔 앳된 공양주가 넣어준 누룽지가 들어 있었다. 하산길에 그동안 수없이 보았던 새벽을 떠올리면서 새벽은 확실히 백발 선승이 학이 되어 날아오를 때 떨어뜨리고 간 쪽빛 사리(舍利)가 아닐까라는 생각을 했다. 이제는 기억도 희미한, 아주 까마득하게 젊었던 시절, 어느 암자에 잠시 머물면서 머리에 쥐가 날 정도로 고민이 됐던 화두였다. 그 화두는 지금도 풀리지 않는다.

아아, 그 옛날의 어신(魚神)이여

녹치빛 몰캉한 수면 위에서 살강대는 찌. 무심한 바람결에 연초록 수초가 물 비늘이라도 만들라치면 소위 낚시꾼이 아닌 자칭 조사(釣士)들께서는 한갓진 느긋함에서 느닷없이 확장되는 동공과 함께 슬금 은근 초조함으로 뒤바뀐다. 민물낚시는 낚시 축에도 못 낀다고 입에 거품 무는 조사 입장에서는 엄연히 바다낚시가 존재하는 터이니 그러한 거품 정도야 애교로 봐 줄 수 있다지만, 조행길 내내 낚시란, 조과(釣果)와는 전혀 관계가 없이 도(道)의 경지에 이르는 낚시질이기에 마릿수와 크기에 연연하지 말라며 험험거리던 조사도 바람결에 잠깐 움찔거리는 수초에 벌떡 몸을 일으키는 것을 보면 그들의 장광설이 왠지 나는 마뜩치않다.

그런데 정말 머리에 털 나고 내 생에 최초로 낚시를 한답시고 떠난 십수 년 전의 입장에서는 당연히 조도(釣道)라는 문구가 현장에서 끓이는 매운탕처럼 구미를 당겼고 설령 온종일 꿈쩍도 않는 찌를 바라보며 간간이 허옛한 한숨을 내리깔며 아, 니미럴을 연발한다손 쳐도 마릿수와 크기에 연연하지 않는 것이 조사로써 지녀야 할 품행이 방정한 것이라면 나는 두말할 것도 없이 후자 쪽에 무게를 두고 조과는 전혀 안중에도 없는 낚시질을 해야 할 판이었다. 필시 그것은 빈 바구니에 아, 니미럴과 허엿한 한숨만 잔뜩 채우고 돌아갈 객쩍은 귀로를 첫 조행의 서투름을 빌미로 지극히 당연한 결과로 둔갑시킬 안전장치이며 능갈맞은 술수였으리라.

희곡, 시, 수필 등등을 들먹이며 결국엔 잡탕 글일 수밖에 없으면서도 그 잡탕 글이라도 한 편 써볼까라는 꼴 같지 않은 핑계를 대고 조행을 떠날 때 그지없이 선량한 아내는 그 적의 형편상 감히 내놓을 수 없는 용돈을 손에 쥐여주며 순한 눈을 끔벅였다. 그날의 조사는 목욕탕 때밀이 박씨를 비롯하여 이발소 이씨, 한물간 제비 고씨, 자칭 시인인 최군과 연극배우인 나였다. 그러니까 바다낚시 예찬론자는 박씨였고 조도를 주창하는 이는 늙은 제비 고씨였는데 직업군을 생각하면 생각할수록 괜히 미친놈처럼 히벌죽 웃음이 나오곤 했다.

창원 어디쯤 가는 동안 버스 안에서 그들의 무용담은 끊이지 않았다. 경상도 말로, 귓구녕이 다 송실시러울 정도로 떠들던 끝에 어탁(魚拓)을 뜨되 가장 큰 놈을 잡은 조사에겐 갹출해서 상금을 주자고 했다. 다들 눈꼬리가 슬쩍 올라가고 입가에 엷은 미소가 번지는 꼴을 보니 상금이라는 말에 도(道)니 바다낚시니 따위는 바로 그 자리에서 즉결처분당하는 낌새였다.

조탐(釣貪)을 물욕이나 집착 중 어느 편도로 봐야 할지 참으로 애매했다. 물 비늘 간지럼 사이사이 훈풍에 묻어오는 비릿한 내음이 조사들의 콧구멍을 살살 후벼 팔 때 나처럼 첫 행의 낚시꾼은 오히려 덤덤하지만 증명된 바 없는 아니, 증명할 수도 없는 조력(釣歷)을 마구 휘갈겨 쓴 박씨와 고씨는 그들이 펼쳐 놓은 수십 개의 좌대 사이를 오락가락하며 스스로 존재의 가벼움을 드러내 보이곤 했는데 바다낚시가 여의치 않을 땐 간혹 간식으로 민물낚시를 한다는 박씨와 여자 낚기와 고기 낚는 것으로 도를 깨우쳤다는 고씨와의 조력을 건 한 판 싸움에 최군과 나는 얼뜨기 조사답게 주둥아리 꽉 잠그고 무심하게 낚싯대나 바라보고 있을 따름이었다.

최초의 전율이자 태초의 몸부림을 느낀 건 새벽이 군청색으로 한참 무르익을 때였다. 바다낚시의 달인과 조도(釣道)를 깨우친 그들조차 형편없는 조과를 과시하는 판에 나 같은 얼뜨기가 무슨 조과가 있으랴마는 아무리 잡아당겨도 낚싯대만 휘휘 늘어질 뿐 끄떡도 않는 놈이 그쯤에서 딱 걸려들었던 것이다. 나는 순간 욕심이 났다. 그들 모르게 낚아 올려 모두 놀라게 해 줄 생각이 앞섰다. 그리고 정말 조금씩 조금씩 줄을 당겼다. 등은 온통 땀이었다.

줄이 끊어질 듯하면 조금 늦췄다가 당기기를 수십 번, 그러다 어느 한순간에 쑥 올라왔고 내 입에서는 기호가 분명치 않은 함성이 터져 나왔다. 오오, 그날의 어신(魚神)은 정녕 나의 편인 듯했다.

크헉, 그런데 이게 무슨 조화인가. 태초의 전율이, 직립원인에게 반항하는 어신의 그 몸부림이, 빌어먹게도 배퉁이 속에 진흙과 물이 잔뜩 고인 커다란 장화였다니. 아아, 니미럴! 어쩐지 더럽게 무겁더라 했다. 그러니까 전율, 몸부림이 어쩌고 했던 느낌은 순전히 나 혼자만의 호들갑이었고 얼뜨기 조사로서 그 무지스러움과 방정맞음을 유감없이 발휘한 것이었다. 40센티 정도의 크기인 장화를 어탁(魚拓) 대신 장탁이라는 말로 둔갑시킨 일행은 그날 소주 일 잔에 매운탕은 일단 제쳐놓고 한지에 장화를 콱 떠버렸다. 열혈 조사들껜 참으로 죄송하지만, 그날의 첫 조행 이후 나는 지금까지 낚시를 가 본 적이 없다.

산골소년의 사랑 이야기

군인이었던 아버지 덕에 우리 식구는 종종 이사를 다녀야 했다. 초등학교 2학년쯤으로 기억하건대 급하게 강원도 어느 지역으로 이사하게 됐고 거기서 나는 아버지보다 훨씬 높은 사람도 있다는 사실을 알게 됐다. 밥풀 때기보다 말똥이 그렇게 높다니. 검은 타르가 칠해진 대령의 관사는 상당한 외경심을 불러일으켰고 소총을 허리 턱에 걸치고 관사를 지키는 헌병들의 눈빛은 사뭇 위압적이었다.

거기서 조금 떨어진 허름한 초가집이 우리 식구가 머무는 집이라는 사실에 대위 계급장을 달고 부하들에게 호통을 치는 아버지가 오히려 불쌍하게 보였다. 말똥이 나타나면 부동자세로 거수경례를 해야 하는 밥풀 때기의 모습에서 나는 아버지보다 더 심한 굴욕감을 느꼈다.

대령의 늦둥이 딸인 그 아이와 나는 곧잘 들과 산을 훑고 다녔다. 피부색이 약간 가무잡잡한 그 아이는 눈자위가 하얗다 못해 푸르스름한 광채가 났다. 그게 뭔지 모르지만, 그리고 그 눈빛 때문인지는 모르지만, 동네 어른들은 그 아이를 보면 뒤에서 곧잘 수군거렸다. 위관급의 아들인 나와 영관급의 딸인 그 아이와의 사이에 계급은 없었다. 대신 동네 아이들이 볼 때 우리는 별난 아이들이었고 자연스럽게 외면을 당하는 처지였다. 그래서일까, 둘이 붙어 다니는 횟수가 잦아질 수밖에 없었다.

방과 후면 누가 먼저랄 것도 없이 나무로 얼기설기 만든 징검다리에서 종종 기다리곤 했다. 마치 널뛰듯이 출렁거리는 징검다리는 우리의 놀이터였다. 그 밑으론 맑은 시냇물이 흐르고 올망졸망한 돌멩이가 밭을 이루고 있었다. 맑은 이슬이 모여서 흘러가는 듯한 투명한 시냇물에 발을 담그고 책 보따리와 검정 고무신은 항상 나란히 모아두었다. 어디선가 엄마 곁에 두고 온 나뭇잎 배 소리가 들려오는 듯도 했다.

메밀꽃이 질 무렵, 울긋불긋한 나뭇잎에 현혹된 우리는 어느 날 산에서 소나기를 만났다. 느닷없이 장대비로 돌변한 비를 피하려고 커다란 바위 밑을 찾아 들어갔다. 둘이 있기에는 안성맞춤이었지만 그 아이는 몸에서 김을 뿜으며 입술을 달달 떨었다. 겉옷을 벗어 그 아이의 등을 감싸주곤 나는 곧 벌거숭이가 돼버렸다.

.... 그때, 내 눈에 들어오는 그 야릇하고 생경한 스틸 한 컷. 단속이 안 된 치마 밑으로 그 아이의 사타구니가 환히 보였다. 이미 빗물에 젖은 헐렁한 팬티는 동아줄처럼 꼬여 있었다. 그 뒤로 언뜻 드러난 해맑은 빛의, 엷은 핑크에 가까운 그 선홍빛 바기니.... 신비로운 충격에 앞서 가슴이 두근거려 그 아이의 얼굴을 똑바로 바라볼 수가 없었다.

그해 겨울, 온 누리에 눈꽃이 흐드러지게 필 무렵 나는 아주 슬픈 소식을 접했다. 운전병이 후진하다 미처 그 아이를 발견하지 못하고 그대로 치었다는 소문이었다. 그리고 훗날 내용은 조금 다르지만, 중학교에 입학하여 황순원의 소나기를 읽는 순간, 그 적의 그 아이한테서 느꼈던 그 느낌과 기억은, 내가 어른이 되기까지 내 잠재의식 속에서 한동안 사라지지 않았다.

불행하게도 나는 아직 그 아이의 이름을 기억하고 있다.

어느 비구니와 차(茶)

비구니들만 있다는 사찰을 가보기는 처음이라 큰스님의 연락을 받고도 잠시 생각을 가다듬었다. 어떤 경외심 때문이라기보다 그곳과는 당최 어울리지 않을 것만 같은 통기타 라이브라는 것 때문이었다. 경내는 바람조차 쉬고 갈 만큼 조용했다. 가능한 한 말소리와 발걸음 소리를 내면 안 되는 곳, 병풍처럼 둘러싸인 산의 숨소리만 들릴 뿐이었다.

오디오시스템은커녕 마이크도 없이 부르는 노래였다. 실내가 제법 넓은 곳이라 그곳에서 울리는 공명이 시스템의 전부였다. 침묵으로 일관하고 있던 스님들이 몇 곡의 노래 끝에 찔레꽃을 부르자 조금씩 잔기침도 내고 작은 속삭임이 이어졌다. 한네의 승천을 끝냈을 때 어디선가 흐느끼는 듯한 소리가 들려왔다. 그 작은 흐느낌에 나는 왜 그토록 목이 메어왔을까.

라이브가 끝난 뒤 맛난 차를 얻어 마시고 큰스님 차에 동승하려는 순간 까만 안경테에 얼굴빛이 무척 하얀 스님 한 분이 내게 뭔가를 쥐여주곤 얼굴이 발개져 도망치듯 가버렸다. 달리는 차 안에서 하회탈 같은 얼굴의 큰스님께서 뭔지 열어 부아~ 궁금 햐, 하셨을 때 오래돼서 까만 글씨가 거의 다 지워진 비닐봉지 안에는 다시 한번 창호지로 꽁꽁 싸맨 것이 들어 있었다.

손으로 꾹꾹 눌러 담은 흔적이 역력한 그것은 부피와 비교하면 무게가 제법 나가는 차(茶)였다. 돌아오는 내내 도무지 알 수 없는 먹먹함이 가슴을 짓눌렀다. 그 어떤 값어치보다 소중한 개런티였다.

부산 아줌마

비 온 뒤의 청명함이랄까. 소나기가 그친 운동장엔 키 낮은 햇살이 베이킹파우더를 먹은 빵처럼 부풀어 올라 교실 창문을 점령하고 있었다. 빗물에 얼룩이 져 마치 거대한 공룡의 오장육부 같았던 교정은 거짓말처럼 빠른 속도로 제모습을 찾아가고 있었다. 혈흔처럼 남았던 마지막 얼룩이 눈 부신 햇살에 막 구워지고 있을 때, 담임선생이 불쑥 내 이름을 부르며 책가방을 챙기라고 했다. 곧 4교시를 시작할 무렵이라 나는 어리둥절했지만, 복도 끝에 누군가 기다리고 있다는 귀띔과 내일 결석해도 된다는 말까지 덧붙이며 재촉하듯 담임은 내 등을 떠밀었다. 초 칠로 바닥이 반들거리는 복도엔 햇살방향이 사방으로 튀고 있었다.

누굴까. 국수 가닥처럼 가공된 시간을 주체하지 못해 학교 수업이 죽기보다 싫었던 내게 느닷없이 주어진 시간의 향유가 슬금 겁이 났다. 무엇보다 나를 기다린다는 여자가 무척 궁금했다. 흰 투피스 차림의 그녀는 이제 겨우 초등학교 4학년인 나보다 키가 조금 컸다. 팔목에 걸친 짙은 자주색 백이 무거워 보일 정도로 아담한 체구였다. 상냥한 미소를 머금고 덥석 내 손부터 잡고는 이름을 물었다. 이름이 맞는다고 하자 새까만 눈동자에 얼핏 이슬이 스치고 지나갔다. 단아한 느낌을 주는 그녀에게서 화장품 냄새와 묘한 살 냄새가 났다. 문득 오래전부터 보아온 듯한 느낌이 들었지만, 기억엔 전혀 없는 얼굴이었다.

비 온 뒤의 청명함이 흐릿했던 안구마저 깨끗하게 씻어주었다. 서울 태생이면서도 남산이라는 곳을 처음 올라갔다. 역시 난생처음 타보는 케이블카 안에서 그녀는 나를 낳아준 엄마 친구라며 앞으로 부산 아줌마라고 부르라 했다. 공중에 붕 떠서 바라보는 도시의 전경이 마치 언젠가 꿈속에서 유체이탈이 된 몸으로 세상을 날아다니는 것과 매우 유사했다. 데자뷔였다. 그녀의 정체가 무엇이든 나로선 상관 없었다. 배냇저고리에서 폴폴 풍기는 엄마 젖 냄새처럼 까닭 모를 안온함과 포근함, 그리고 살가움이 그녀로부터 휘감겨 왔다. 케이블카 안의 생뚱맞음과는 상당히 유리된 젖내음이지만 여인의 묘한 향기로움이었다.

수제비를 먹는 날이 그나마 호사였지만, 밀기울마저 귀했던 시절 할머니와의 유년 생활이 나로선 가장 행복했었다. 울며불며 할머니 손을 붙잡고 놓지 않으려는 나를 힘으로 제압하여 강제로 데려온 곳이 동숭동 계모 집이었다. 재잘거림이 부쩍 줄어들었고 절망과 그리움으로 형편없이 구겨지는 나날이 지속 되었다. 겉으로는 부잣집 자식이었다. 속내를 모르는 친구들과 담임선생은 걸핏하면 내게 뭔가 요구하기 예사였다. 방과 후면 아이들은 뽑기 집에서 진을 치고 기다리기 일쑤였다. 학교에 무슨 기증은커녕, 육성회비조차 제대로 못 내는 내게 돌아오는 것은 발바닥 타작과 아이들의 멸시였다. 틈이 생기면 도망 다녔고 매번 매로 버텼다.

봄과 늦가을까지 오로지 반바지 하나와 검정고무신으로 지냈다. 배다른 여동생 도시락 속엔 밥 밑에 감춘 달걀부침과 밑반찬, 내 도시락은 일 년 열두 달 오직 깍두기뿐이었다. 당시 가정부를 둔 집이 몇이나 되랴. 가정부조차 내 도시락은 의례 따로 구분해서 쌌다. 때로는 냄새 맡기도 역한 쉰 밥을 싸줄 때도 있었다. 계모의 그 저급한, 통속적 팥쥐 엄마 노릇을 본 따 가정부까지 나를 개 취급을 했다. 성적은 형편없이 떨어지기 시작했다. 떨어지는 성적만큼 담임선생과 계모, 아버지의 매타작이 빈번하게 돌아가면서 일어났다. 굶주림과 두려움에 질린 한 마리의 어린 들개가 끝을 알 수 없는 컴컴한 터널 속에 갇힌 느낌이었다.

자운영이 지천으로 깔리던 어느 봄날, 할머니가 보고 싶다며 그 무서운 계모한테 대들었다가 아버지한테 곤죽이 되도록 흠씬 두들겨 맞곤 그 길로 집을 뛰쳐나갔다. 무작정 할머니를 찾아가겠다는 일념이었다. 삽으로 맞은 등에서는 피가 흘렀다. 못된 짓을 한 것도 아니고 단지 할머니가 몹시 그리워 한 번 만나 보고 싶다는 말을 했다고 어떻게 자기 자식을 삽으로 내리칠 수가 있을까. 그날 밤, 서울역에서 배회하던 나는 경찰에 인계되었다. 어린아이가 등에 선혈이 낭자한 채 돌아다니는 것을 본 누군가가 경찰에 신고했고 가출신고까지 접수 돼 있었던 것이다. 눈에 가시 같은 존재였지만 차마 버릴 수는 없는 개였던 모양이었다.

요모조모 묻는 말에 이실직고하듯 지나간 일상의 단편들을 두서없이 말했을 때, 내 책가방을 샅샅이 뒤지던 부산 아줌마 손이 부들부들 떨리고 있었다. 간헐적으로 들리던 아줌마의 깊은 한숨소리가 갑자기 울음으로 바뀌었다. 곧이어 가슴이 미어지다 미어지고 미어지다 미어지지 못해 숨이 컥컥 막혀 숨조차 쉴 수 없는, 가슴 복판의 피 울음 소리를 냈다. 아줌마가 곧 쓰러질 것만 같아 더럭 겁이 났다. 나를 끌어안고 한참을 그렇게 울었다. 그 울음이 하도 서럽게 들려 나도 엉엉 따라 울었다. 한참을 울던 아줌마가 갑자기 울음을 멈추고 내 몸을 씻었다. 정성을 다해 씻었다. 지금도 기억이 선명한 국제호텔이라는 곳이었다.

양식과 중식을 겸한 징기스칸이라는 고급레스토랑에서 아줌마는 내게 주문을 요청했다. 난생처음 케이블카도 탔지만, 외식 또한 난생처음이라 음식종류와 이름을, 어린 나로선 도무지 알 수가 없었다. 한참을 망설이다 겨우 대답했다. 네가 먹고 싶은 것은 뭐든지 사주마라는 표정의 아줌마에게 내가 답할 수 있었던 것은 고작 전 짜장면이 좋아요가 전부였다. 서운한 표정이 역력한 아줌마가 재차 물었지만 역시 전 짜장면이 좋아요였다. 그 말이 불쌍했든지 아니면 귀여웠든지 아줌마는 손수건을 꺼내 슬쩍 눈을 훔쳤다. 시간이 왜 이렇게 빨리 흘렀을까. 먹물처럼 어두워진 거리에서 택시를 잡아준 아줌마와 헤어졌다.

아버지와 계모 몰래 두고두고 쓰라며 건네준 용돈이 너무 커서 몹시 두려웠다. 동전이 아닌 지폐 몇 장이었다. 아무래도 들킬 것 같아 복덕방 아저씨, 이발소 아저씨, 친구들 몇 명에게 돈을 나눠주고도 안심이 안 돼 책갈피에 분산시켰다. 늦게 들어온 나를 형사처럼 추궁하는 아버지에게 부산 아줌마와의 밀월을 이실직고한 나는 그 돈마저 모두 털렸다. 그 순간 내 머릿 속에서 부산 아줌마의 살가움과 울음소리가 어지럽게 교차하고 있었다. 그로부터 대략 십 년 후, 나는 부산 아줌마가 나를 낳아준 친엄마라는 사실을 알 게 된다. 나는 혈기 왕성한 한 남자와 세상 물정에 어두워 순진하다 못해 어리석었던 한 소녀가 불장난으로 낳은 자식이었다.

나의 라임 오렌지 나무

그들은 모두 맨발의 기봉이었다. [특수]라는 명사가 반드시 따라붙는 학교에 다니는 아이들이었다. 언어소통이 원활하고 정상적인 육체를 지닌 사람도 하기 어려운 연극을 하겠다고 나섰을 때 주위 사람들은 대부분 [택도 없다]는 식의 반응이었다. 나는 학교 관계자들을 믿었지만, 아이러니하게도 그들은 더 노골적으로 싫어했다. [택도 없다]가 아니라 무조건 불가능하다는 편견이 자리잡고 있기 때문이었다.

소년원 아이들을 데리고 수개월 고생한 경험을 되살려 그 [택도 없다]와 [불가능]에 도전하기로 굳게 마음먹은 나는 학교장의 승인 아래 나의 라임 오렌지 나무를 무대에 올리기로 결심했다. 승인이라고는 하지만, 곧 제풀에 지치겠지, 될 리가 없지 식의 승인이었다. 나는 철저하게 계획을 짰고 철저하게 나 자신을 몰아붙였다. 그렇게 시작한 연극, 나의 라임 오렌지 나무....

몇초도 안 걸릴 대사 한 마디가 수 분이 걸리기 예사였다. 조금 긴 대사는 거의 모노드라마 수준으로 달렸다. 동선 한 발짝을 옮기기 위해 휠체어를 탄 아이는 누군가가 밀어주거나 끌어줘야 했는데, 영화가 아닌 이상 연극 메카니즘으로는 거의 절망에 가까운 행위였다. 더구나 난생처음 연극을 접하는 아이들 입장에서는 따분함과 지루함이 반복되는 것에 진절머리를 느끼는 것 같았다.

방과 후, 나에게 두 시간만이라는 조건은 거의 형벌에 가까웠다. 그러나 나는 거의 몇 달을 대본만 들고 씨름하면서 RNG를 통해 절망을 희망으로 바꾸었다. 공연날짜가 임박하면서 심한 두통에 시달려야 했다, 그냥 오기로 출발한 작업이 조금씩 언론에 노출이 되면서 장학사, 학부형들, 연극협회장과 정치가들의 방문이 줄줄이 이어졌다. 그들은 라면과 초코파이 몇 박스 들고 와서는 꼭 사진찍기를 잊지 않았다.

가뜩이나 어눌한 어투에 감정까지 실어서 동작을 취한다는 것이 아이들에겐 곤혹 그 자체였지만, 누군가 대사를 치면 중간에서 자르는 법 없이 그들은 상대방의 대사를 끝까지 들어주는 인내심을 보였다. 서로 불편한 것에서 느껴지는 진한 동질감이랄까. 정상적으로 뛰지 못하는 그 아이들과 나는 축구도 하고, 음악을 크게 틀곤 종종 엉성한 춤을 추곤 하였다. 연습이 끝나면 아이들을 데리고 호떡과 오뎅을 파는 떡볶이집으로 향하는 것이 그날 하루의 마지막 코스였다.

아이들은 의외로 성에 대한 집착이 강했다. 식탐도 강했다. 대부분 부모형제로부터 진정한 아픔과 진정한 사랑으로 인해 과도한 관심만을 받고 자란 탓인지 보편타당성이 결여된 자기주장이 강했다. 나는 될 수 있으면 그들 편에 서서 이야기를 들어줬고 심각한 성 정체성에 관해서 툭 터놓고 자주 이야기를 나누었다. 그들의 머리와 가슴속으로 깊이 들어갈수록 나는 그들과 한편이 되는 것 같았다.

정이 들었다. 그것도 아주 깊은 정이. 서로 부둥켜안고 울기도 여러 번.... 심신이 지쳐버린 나와 그런 나를 바라보는 아이들은 선생님께 죄스럽다는 이유로 울었다. 학교 선생님들이나 부모들도 모르는 이러한 감정들이 쌓이면서 내가 그들의 불편한 육체와 어투를 흉내 내도 아이들은 까르르 넘어가기 예사였고 연작 형태로 기사를 올린 모 일간지 문화부기자 덕에 사람들의 관심은 점점 더 높아져 갔다.

공연 장소는 시민회관 소극장이었다. 사백 석 규모의 극장 안엔 거의 육백 명이 들어찼다. 나는 아이들에게 분장을 해주면서 "사랑해"라는 말을 하나하나 힘주어 남발했다. 무대감독도 없이 진행되는 무대라 더없이 불안했지만 무대 옆에서 소품이나 의상을 챙겨주겠다는 학부모들의 제의를 이미 거절한 상태였다. 아무런 도움 없이도 훌륭하게 해낸다는 것을, 당신의 아이를 통하여 느껴보라는 나름의 메시지였다.

공연시간은 짧았지만, 나는 그 공연이 끝날 때까지 끝이 보이지 않는, 아득한 긴 터널을 통과하는 것 같았다. 소리없이 돌아가는 무성영화 필름처럼 아이들의 입 모양과 그들의 몸짓 언어를, 나는 어두컴컴한 객석 한 귀퉁이에 앉아 적요에 함몰되고 있었다. 공연이 끝나고 극장 안이 온통 울음바다가 됐을 때.... 나는 비로소 현실로 돌아올 수 있었다. 가슴속에서는 "사랑해" " 사랑해"가 일렁이고 있었다.

서태지와 아이들이 알려진 해였으니까 제법 오래된 이야기다. 그렇게 20년을 훌쩍 넘긴 어느 날, 중년이 다 된 그들과의 해후는 그날의 감동을 고스란히 안고 있었다. 한 편의 연극 경험이 그들 가슴에 평생 지워지지 않을 조각으로 남아 있었나 보다. 그때를 회상하는 그들의 모습에서 나는 오랜만에 청소년시절의 순수를 느꼈고 비록 불편한 육체지만 사회의 일원으로 당당하게 살아가는 그들에게 진정한 경의를 표하고 싶었다. 잊지 않고 나를 찾아준 감사는 두말할 나위 없었다.

정금이 누나

손톱 같은 눈썹에 유난히 빛나는 눈동자를 지녔던 정금이 누나는 소꿉놀이할 때면 한사코 내 색시가 되겠다고 우겼다. 빗살이 꺾이거나 구멍이 송송 뚫린 비닐우산이 우리의 지붕이었다. 들풀을 꺾어다가 김치를 담그고 나물을 무칠 땐 모래를 깨소금이듯 뿌렸다. 빨간 벽돌을 으깨어 고춧가루도 만들었다. 어른들이 없는 틈을 타 우리는 종종 장독 사이를 비집고 들어가 장독대 한복판에 살림을 차렸다. 그 좁은 공간 안에 둘이 있다는 묘한 속닥함이 우리를 매료시켰다. 가끔, 어른들 몰래 담요를 들고 나와 그 장소에서 밤하늘을 보며 나란히 눕기도 했다. 그때마다 팔베개를 해주던 누나는 엄마였고 애인이었으며 내 색시였다.

어느 겨울방학, 대학에 다니는 준이 형을 본 정금이 누나는 언제부터인가 부뚜막에 앉아 둥근 달을 보며 허엿한 한숨을 내리까는 버릇이 생겼다. 내가 곁에 다가가도 고개를 무르팍 사이에 쿡 처박고 아무 말도 하지 않았다. 무슨 까닭인지 명확한 뜻은 알 수 없으나 어린 마음에도 측은지심이 생겼다. 어깨를 토닥이거나 윗옷을 벗어 등을 덮어주는 것이 옳은 것 같아 그렇게 할 뿐이었다. 그럴 때마다 누나는 말없이 내 어깨에 몸을 기대면서도 슬쩍 옆눈으로 나를 빤히 쳐다보곤 했는데 그것이 무슨 의미인지 나로선 알 턱이 없었고 알고 싶지도 않았지만, 누나는 영글지 않은 납작한 가슴으로 처녀 몸살을 앓고 있었던 것이다.

대보름날, 쥐불놀이로 앞산 뒷산이 온통 불야성을 이룰 때 정금이 누나는 작은 소쿠리에 밤이랑 호도, 군고구마랑 부침개를 들고 나왔다. 한동안 보이지 않았던 누나였다. 나를 향해 손짓하는 누나가 너무 반가웠다. 너무 반가운 나머지 눈이 커지고 어깨에 힘이 들어갔다. 깡통을 돌리는 오른손에 더욱 힘이 가해졌다. 얼른 제일 큰불을 만들어 누나에게 보여주고 싶었다. 활활 타오르는 불꽃은 깡통을 돌릴 때마다 깡통 속에서 무서운 화기소리를 냈다. 나는 있는 힘을 다해 깡통을 멀리 던졌다. 포물선으로 날아가던 깡통이 먼발치에 오도카니 서 있던 정금이 누나를 정통으로 맞혔다. 정수리였다.

양쪽 집안 어른들이 여러 번 오갔다. 대략 한 달쯤 지나자 우리는 이사를 가야 했다. 군용 트럭에 살림살이가 실어지고 나는 그 짐 더미 위에 앉아 짐짝 취급을 당했다. 때리기도 지친 삼촌들이, 조선 천지의 벙어리는 입 벙긋해도 너는 숨 쉬는 소리조차 내지 말라는 으름장에 주눅이 들었다. 그때, 담벼락에서 하얀 얼굴이 비쳤다. 아무리 봐도 정금이 누나였다. 어딘가 모르게 기가 빠진 듯한 핼쑥한 모습이었지만, 정금이 누나는 틀림없이 나를 바라보고 있었다. 트럭이 움직이자 누나도 몸을 반쯤 내보였다. 누나가 손을 흔들었다. 웃는 것인지 우는 것인지 모를 입 모양이었다. 그렁그렁한 눈물 때문에 누나의 그런 모습이 곧 잔상이 되어 자꾸 찌그러졌다. 그 잔상은 내 기억 속에서 오랫동안 지워지지 않았다. 정금이 누나의 환생이었을까. 아내는 나보다 연상이다.

죽기로 작정했던 날

시멘트 바닥에 살갗이 찢겨 한 꺼풀 벗겨진 속살에 고문을 당하듯, 80년 겨울 부산의 댓바람은 몹시도 차가웠다. 장모님께 아이들을 맡기고 주머니에 달랑 이만 원을 들고 무작정 내려온 곳이 부산이었다. 일가친척 하나 없는 생면부지의 땅, 이만 원을 대부분 심야다방 커피 값으로 헌납했다. 싼값에 추위를 이겨낼 수 있는 기막힌 장소였지만 아내와 나는 거의 일주일 째 아무것도 먹지를 못했다. 아니, 먹을 수가 없었다.

그 당시의 화폐 가치를 인정한다손 쳐도 호부 이만 원으로 언제까지 버틸 수 있을쏜가. 그나마 아내와 나는 걸치고 있던 외투 두 벌마저 헐값에 팔아 치운 뒤라 칼바람과 배고픔으로 거의 실신 상태였다. 대한민국 땅이 좁다고는 하지만, 도시는 넓었고 집들은 많았어도 추위를 피해 우리가 누울 곳은 단 한 군데도 없었다.

절망이었다. 그렇다고 사지 멀쩡한 연놈들이 엎드려 구걸은 하고 싶지 않았다. 역대합실에서 박스를 깔고 누워 무미건조하게 만든 대합실 천장 무늬를 하루 종일 무미건조하게 바라보았다. 아리랑 호텔 화장실과 대합실 화장실에서 대충 고양이 세수는 할 수 있어도 이를 닦거나 머리 감는 것은 상상도 하기 어려운 노릇이었다. 여자인 아내는 오죽했을까.

보름쯤 굶었다. 몸이 무거워 앉아 있기도 버거웠다. 졸리기는 왜 그렇게 졸리운지. 아내의 얼굴이 퉁퉁 부으면서 시퍼렇게 변하고 있었다. 인간적으로 너무 불쌍해 보여 도저히 눈 마주치기가 껄끄러웠다. 머리를 못 감아 산발을 한 아내와 나는 한마디로, 노숙자였다. 누런 이빨이 금빛을 발하는 것이 아니라 어느 틈엔가 푸르스름한 기운이 감돌았다.

음식점 쓰레기통을 뒤지다 다른 노숙자들에게 흠씬 두들겨 맞았다. 아내가 맞을까 봐 온몸으로 감싸 안은 채 나는 곤죽이 돼버렸다. 슈퍼에 들어가 제법 묵직한 햄을 훔치다가 종업원에게 덜미를 잡혔다. 난생처음 공식적인 도둑질이었다. 내가 생각해도 매우 어설펐다. 법보다 주먹이 가깝다는 논리는 확실했다. 나는 주인장에게 수십 차례 뺨을 얻어맞고 종업원의 발길질에 숨이 막힐 지경이었다. 바깥에서 동정을 살피던 아내가 괴상한 소리를 지르며 뛰어들었다. 그 순간 웃음이 나왔다. 나는 미친놈처럼 웃다가 정신병자처럼 울었다. 그것도 크게 소리 내어 울었다. 아내는 울 힘도 없었는지 그저 멍한 표정이었다.

나는 죽기로 마음먹었다. 마지막으로 아내를 데리고 무작정 일면식도 없는 다방으로 들어갔다. 주인장을 불러 자초지종을 설명하고 나는 괜찮으니 아내를 숙식만 제공해 준다면 주방 아줌마로 채용시켜달라는 취지였다. 거지꼴의 우리를 쫓아내지 않고 차근차근 설명을 듣는 주인 여자는 금이 간 내 안경 너머로 내 눈만 줄곧 쳐다보고 있었다. 눈빛이 진실하게 보인다며 흔쾌히 승낙하는 그녀에게 나는 바닥에 엎드려 절을 했다.

아내를 두고 다방 계단을 내려올 때, 결코 보내고 싶지 않은 남편이었겠지만 어쩔 수 없이 상황을 인정한, 체념에 가까운 아내의 목소리가 들렸다. 여보, 당신 꼭 찾으러 갈게요. 한 달 뒤, 부산역에서 만나요. 꼭요, 꼬옥! 이명처럼 들리는 아내 음성은 울음을 참느라 목소리가 모깃소리만 했다. 나는 글썽거리는 눈물을 보이지 않으려고 손만 슥 들어 보이곤 계단을 내려갔다. 나는 남자니까 그렇게 해야 할 거 같아서였다.

이제 바다로 가면 모든 것이 해결될 터였다. 영도다리 난간에서 뛰어내리면 그뿐일 터였다. 하지만 나는 죽지 않았다. 아니 죽지 못했다는 표현이 옳았다. 자갈치시장을 배회하다 퍼덕거리는 생선을 보았고 일렁이는 파도와 뭔가 모르게 따사로운 햇살과 사람들의 활기찬 모습과 한평생 가슴 복판 날이 선 한이 될 아내의 얼굴이 떠올랐다. 마음을 돌려먹었다.

한 달 뒤, 몇 개월 동안 기른 머리는 봉두난발이었고 수염은 길고 까맸다. 분수대 벤치에 앉아 담배꽁초를 주워 뾰족한 입 모양으로 한 모금씩 아껴 피고 있었다. 왠지 모르게 마음이 평온했다. 날짜가 어떻게 흐르는지 관심도 없었고 아내가 나를 찾아오리라는 희망도 까맣게 잊고 있었다. 퀭한 눈에 피골이 상접한 내 몰골답게 나는 세상의 모든 인연을 잊고 있었는지 몰랐다. 그러나 마음은 평온했을지 몰라도 정신은 혼미한 상태였다. 마치 공중에 붕 떠 있는 듯한 느낌이랄까. 분해된 내 영과 육으로는 며칠을 굶었는지 계산이 안 되는 상태였다.

어디선가, 은아 아빠~ 하는 소리가 들렸다. 내 아이 이름 같기도 하고 흔하게 듣는 이름 같기도 한, 그러나 깜박거리던 형광등에 불이 들어오듯 내 의식 속에 전깃불 하나가 반짝하고 켜졌다. 소리가 나는 방향으로 무심코 고개를 돌리는 순간.... 아아, 뽀얀 얼굴에 말쑥한 옷차림으로 아내가 거기에 서 있지 않은가.

행인들이 보던 말든 아내는 나를 끌어안고 꺼이꺼이 울기 시작했다. 너무 말라버린 모습과 긴 수염과 봉두난발의 내 몰골 때문에 남편인 줄도 모르고 아내는 내 곁을 몇 번이나 지나쳤단다. 힘없이, 빙그레 웃고 있는 나를 힘껏 안고 아내는 하염없이 울었다. 매년 겨울이 찾아오면 그때 그 처절했던 기억이 문득 되살아나곤 한다.

어젯밤 꿈

바리톤 음성으로 내려앉던 가을 햇살이 사라지고 잎을 떨어버린 미루나무가 하늘을 담고 있다. 퍽 오래전, 꼭 이런 때였으리라. 뒷짐을 지고 걷는 할아버지를 따라 나 역시 뒷짐을 진 채 느릿느릿 성큼성큼 걸어라, 하는 할아버지 말에 무슨 구령이라도 맞추듯 느릿느릿 성큼성큼 걸어라, 하면서 할아버지 꽁무니를 따라 기억이 분명치 않은 둑길을 걸었다.

학교도 안 들어간 코흘리개 손자 놈이 할아버지를 흉내 내는 것이 귀여웠던지 앞서 가던 할아버지는 돌아보지도 않고 그대로 잠시 서서 하늘을 살펴보더니 작은 소리로 헐헐 거리는 듯싶었다. 일 미터 남짓 뒤에 서 있던 나 역시 때를 놓치지 않고 하늘을 살펴보곤 헐헐 웃었다. 그때 웃음을 참느라 할아버지 어깨가 심하게 들썩였다.

가당찮은 흉내 내기에 당신께서 몹시 흥분되는 모양이었다. 뒷짐을 졌지만, 배가 워낙 커 앞이 불룩했던 할아버지, 그 할아버지에게 질세라 나도 뒷짐을 진 채 없는 배를 한껏 내밀곤 할아버지 흉내를 냈다. 뜨거운 국물을 마실 적마다 어, 시원하다! 하는 것을 보곤 할아버지 어투를 그대로 흉내 내다 된통 혼이 난 적이 있었지만 실종된 가을처럼 그때 나는 겁을 상실했던 듯싶었다.

엷은 회색빛으로 휘장을 두른 듯한 꿈속의 사위는 저녁나절이었다. 둑 양옆에 사방으로 널브러진 논마다 볏짚 태우기로 연기가 가득했다. 어디선가 구수한 밥 냄새와 장작 타는 냄새가 연기 사이를 뚫고 쌀쌀한 바람에 묻어와 구원의 종소리처럼 느껴졌다. 먼 발치, 정금이 누나 집 담벼락에 붙어 있는 탱자나무는 거의 가시만 남긴 채 만추와 별리를 고하고 있었다.

어젯밤, 나는 왜 그렇듯 생생하고도 아릿하면서 생뚱맞은 꿈을 꾸었을까. 막연하게 나는 만추가 할아버지 이미지를 불러온 것이라고 생각했다.

골목길

머리에 땜통(버짐)이 선명한 아이들이 얼굴엔 땟국물 조르르 흘리며 자치기, 사방놀이, 구슬치기, 고무줄놀이에 정신이 없었다. 어떤 아이는 종이를 접어 고집스럽게 오징어비행기를 날리곤 했다. 손등은 그야말로 까마귀발이요 급행과 완행으로 콧구멍 속을 들락거리던 열차는 누런 콧물이었다. 어디 그뿐이랴. 햇살 한옴큼 내리는 곳이면 어김없이 옷을 벗어 이를 잡곤 했는데 온 나라가 먹성 입성의 절대 빈곤으로 허덕이던 시절이었지만 그 아련한 기억들이 요즘 새삼 그립기까지 하다.

변변하게 쌀밥 한 그릇 먹을 처지도 아니건만 어디선가 엄니가 밥 먹으라는 고함소리가 들리면 비록 꽁보리밥에 짠지 하나일망정 심하게 시장기를 느끼며 냅다 집으로 달려가곤 했다. 그나마 보리밥을 먹는 집은 다행이었다. 뜨물 같은 밀가루죽에 이름도 알 수 없는 푸성귀를 넣고 끓여 먹는 집도 부지기수였다. 죽어라 싫어했던 청국장 냄새가 골목을 휘돌 때도 있었다.

밥 먹으라는 소리에 순식간 사라진 아이들.... 왁자지껄하던 골목길엔 텅 빈 고요가 충만했다. 더러 싸락눈이라도 내릴라치면 골목길이 왜 그렇게 고즈넉하고 쓸쓸하게 보이던지. 동지섣달 긴 긴 밤, 화덕에 감자와 고구마를 구워 먹던 그 쏠쏠한 재미를 지금도 잊을 수 없다. 그때와는 비교가 되지 않을 정도로 풍요로운 이 시대에 절대 빈곤의 그 시절이 왜 이토록 그리운지 참으로 알다가도 모를 일이다.

부침개

양푼에 물을 붓고 밀가루를 넣는다. 주걱으로 휘저어보니 아무래도 너무 되다. 물을 조금 더 붓자. 너무 묽다. 밀가루를 조금 더 넣는다. 역시 도로 되다. 휘젓는 손질이 어설퍼 싱크대 위로 하얀 물방울이 사방으로 튄다. 그렇다면 다시 물을 아주 쬐꼼만 더 붓자. 젠장, 쬐꼼인데 왜 또 되지?

어릴 때 할머니가 부쳐준 부침개 맛을 지금도 잊을 수 없어 재래시장 파전집을 찾아보거나 여러 사람에게 부탁도 해봤지만, 그때 홀랑 넘어간 할머니의 부침개 맛은 도무지 찾을 길이 없다. 밀가루에 그저 소금으로 간만 맞추고 노릇노릇, 쫄깃쫄깃하게 구운 부침개는 식으면 더욱 감칠맛이 났다. 때마침 비도 내리고 막걸리도 있고 해서 분위기상 내 기필코 그때의 그 맛을 맛보리라는 작심으로 부침개를 만들기로 했던 것이다.

양푼이 점점 작게 느껴져 좀 더 큰 양푼에 쏟아붓는다. 밀가루 더 붓고 다시 물 붓고, 또 밀가루, 다시 또 물 붓고, 넣기를 반복하다 보니 밀가루 한 봉지가 다 들어간다. 머리에서 슬슬 김이 나기 시작한다. 싱크대 주변을 보니 마치 대포동 미사일 한 방 맞은 것 같다. 사방으로 튄 하얀 물방울이 흰 꽃처럼 흐드러지게 피었다.

그래도 일찍이 어느 현자가 이르기를, 무엇인가 하다 보면 운기가 모여 절로 이루어지리라 했으니 인내를 갖고 열심히, 아주 열심히 주걱을 휘저었다. 얼마나 저었을까? 커다란 양푼 속엔 부침개 반죽도 아닌 것이 그렇다고 수제비 반죽도 아닌 것이 가득 들어 있다. 마치 엄청나게 많은 양의 치즈를 녹인 것처럼. 아아, 노릇노릇 쫄깃쫄깃 이라니. 꿈이야 그건.

우당탕! 빡빡, 거의 신경질적으로 싱크대를 닦아내고 철퍼덕, 물커덩, 진득거리며 흘러내리는 반죽을 냉장고에 통째로 콱 처박아둔다. 철뙤 반죽이라더니 딱 그짝이군. 아, 배만 뒈지게 고프네. 시부랄....

곰곰이 생각해 본다. 수없이 먹어본 부침개들이 왜 그때처럼 맛이 안 날까를.

미처 생각하지 못했던 부분이 있었다. 그것도 아주 결정적인 요인을 말이다. 나라 전체가 입성 먹성이 턱없이 부족하여 모두가 허덕이던 시절이었다. 식량으로 먹을 것도 부족하던 터에 군것질은 더더욱 언감생심이었다. 그런 환경에서 군것질 대신 먹었던 부침개야말로 얼마나 꿀맛이겠는가. 그나마 밀가루도 부족하던 시절이니 부침개 자체가 호사였다. 그때 느꼈던 그 입이 먹을 것이 넘쳐나는 오늘날의 입과는 비교가 되지 않는다. 더구나 음식은 손맛이다. 할머니의 손맛을 어찌 따라갈까. 나는 아주 중요한 점을 간과했던 것이다.

조선의 허리

겉모습과 달리 벙커 안은 비좁았다. 거대한 몸집의 탱크를 보고 뱃속도 넓을 거라고 미리 단정 지었다가 뱃속의 그 협소함에 놀라 괜히 시큰둥했던 그런 느낌이랄까. 두 평 남짓한 공간을 밝혀주는 희미한 전등은 우습게도 낡은 군용 밧데리에 연결하여 쓰는 손톱만 한 크기의 촉이었다. 노안 때문에 눈이 침침한 것처럼 사방이 가물거렸지만 잠시 후 그런 증상이 곧 사라지면서 사방은 차츰 명료해졌다.

포대경(배율이 큰 일종의 망원경) 안에서 보이는 비무장지대는 벙커와는 실제로 먼 거리에 있어서 그곳의 소리는 전혀 들을 수 없었다. 소리 없이 형체만 나부끼는 숲과 억새를 보고 있노라면 왠지 으스스했다. 풀숲 어딘가에 몸을 숨기고 알 수 없는 생명체들이 뭔가 잔뜩 노리고 있는 것 같았다. 포대경에서 눈을 떼면 벙커 안 벽은 온통 자질구레하게 쓰인 낙서들이 묘한 외로움의 눈빛으로 나를 꼬나보고 있었다.

수묵이 번진 것처럼 희미하게 세계전도를 그린 병사들의 수음 자국이 부끄러움과 지독한 외로움을 간직하고 있었다. 오메, 아그들아 이자 그마 찌끄러라이. 벽 짜개지긋따. 누군가의 낙서 밑에 나는 통곡의 벽이라고 썼다. 벙커가 지어진 이후로 통곡의 벽에 발사된 사생아들은 방금 근무 교대를 한 사병 것까지였을 것이다. 그것이 원죄에 해당한다면 면죄부를 얻기는 애당초 글러 먹은 짓이지만, 각자 누구 짓이라는 것을 빤히 알면서도 그 각자 안에는 나도 포함된다는 이유로 일절 언급이 없는 것은 어디까지나 이해의 차원이라는 사유로 각자 묵시적 동의를 얻는 셈이었다.

노란 바탕에 붉은색 고딕체로 비무장지대라는 팻말이 포대경에 잡힐 적마다 나는 소름이 돋곤 했지만, 더 섬뜩했던 건 눈에 띄지 않게 야간 이동을 했음에도 이동 병력에 대해서 이름과 계급까지 들먹이며 대남용 스피커로 떠드는 대남 방송이었다. 그러나 그보다 더 무서운 것은 바로 고요였다. 고요가 팽배하여 그 밀도가 자꾸 촘촘해지면 해질수록 까닭 모르게 묘한 긴장감이 더욱 증폭되곤 했다.

나는 OP에서 군 생활을 마쳤다. 군복을 벗어야 할 만큼 어지럽게 부대장 노릇을 하던 영관급 장교 하나와 무선병 하나가 동반으로 월북한 시점이었고 북한이 그들을 내세워 대대적으로 정치선전을 하는 삐라가 155마일 전선에 걸쳐 모두 뿌려진 후였다. 전우신문에도 밝히지 않는 사건이었다. 군사비밀 취급인가 자라는 이유 하나로 나는 제대 후에도 한동안 입을 다물고 살아야 했다.

조선의 허리는 아직도 척추 디스크로 고생을 하고 있다. 군을 제대한 지도 어언 한 세대를 훌쩍 넘겼다. 그렇게 세월이 흐르는 동안 남북 정상들이 몇 번의 만남을 통해 선언문이라는 것을 채택하고 세계의 주목을 받았지만 아직까지 우리가 원하는 바가 이뤄진 것은 없다. 정권이 바뀔 때마다 주저앉는 모습만 답습했을 뿐이다. 완전 통일은 아직 요원한 과제지만 경제력과 군사력, 하다못해 인구마저 압도적인 우리의 노력은 멈추지 말아야 할 것이다. 일단 그들의 군사력을 단계적으로 해체 시키고 역시 단계적으로 그에 상응하는 시장 지배나 협력이 올바른 선택과 해법일지 모른다.

치질에 걸린 조선 12대 임금 영조

공연을 위해 차려입은 의상은 배우를 빛(폼) 나게 하는 일등공신이다. 특히 서양의 것이든 동양의 것이든 고전(사극) 의상의 화려함은 두말할 나위가 없다. 조선시대에는 단추와 자크가 없던 시절이라 대부분 끈으로 묶는 것이 보통인데 이게 참, 폼날 땐 나더라도 한 번 벗으려면 그 복잡함은 이루 말할 수가 없다. 언젠가 영조 역을 맡았다. 임금 역을 맡으면 속곳에 속속곳, 하의 두 겹에 상의 두 겹 그리고 결정적으로 폼나는 거, 곤룡포와 허리띠, 면류관을 쓰니 그 무게만도 만만치 않지만, 소변 한 번 보기 예사롭지 않은 터라 대부분 화장실 가기를 꺼리거나 아예 꾹 참는 경우가 허다하다.

공연 20분 전, 기다란 수염까지 붙이고 나니 갑자기 아랫배가 요동을 치는 게 아닌가. 시간상 겁날 것이 없었지만 갑자기 온몸에 경련이 일고 뺨에 솜털이 사르르 돋는 것이 딱, 졸도할 지경이었다. 제자들과 후배들이 보는 자리라 표정은 계속 근엄한 척했지만 그 근엄은, 진짜 근엄이 아니라 안면 근육 전체에 계엄령이 선포된 상태였다. 입 벙긋, 얼굴 한 번 잘못 실룩 됐다간 항문까지 열릴 판이니 곤룡포고 뭐고 아작이 날 판이었다. 그래도 나는 분연히 일어섰다.

그러나 머리에 출렁대는 면류관을 까먹고 곤룡포를 입은 채, 나는 아주 조심조심 임금이고 나발이고 체면 따위 다 팽개치고 분장실 바로 옆에 붙은 화장실까지 가는데 그 시간이 왜 그렇게 긴지, 벽을 붙들고 통사정하며 걸어가는 폼이 영 가관이 아니었다. 아흑, 쪽팔려.... 나, 임금이야.... 조선 제21대 왕, 영조라구.... 으으으.... 드디어 변기 위, 그 질긴 곤룡포가 째지듯 시원하게 배설을 하면서 카타르시스를 엄청 느꼈다. 계엄령 해제.... 그 기분은 정말 만고강산 유람할 제였다. 그런데, 그런데 아니 이게 웬 날벼락이냐? 화장지가 없다니....? 폰도 없으니 연락도 못 하겠고, 스탠바이 한다고 모두 무대 뒤로 나가버렸고.... 온갖 꼼수가 머리를 스치고 지나갔지만 내가 내린 결론은 무조건 앞칸으로 가자였다.

두 겹 상의와 곤룡포를 둘둘 말아 왼손에 잡고, 손으로 잡지 않으면 주르륵 내려가는 바지 두 겹을 오른손으로 잡은 뒤 엉덩이만 내놓은 채 엉거주춤한 자세로 화장실 복도로 나왔다. 그놈의 면류관은 왜 또 자꾸 쏠리고 심하게 출렁대는지.... 한 번 상상해 보라.

아무리 연극이라지만 그게 어디 조선 제21대 임금의 모습인가. 좌우간 앞칸에 무사히 들어온 나는 얼른 화장지부터 찾았다. 아니, 아니 그런데 이건 또 무슨 천지가 개벽할 노릇이레?.... 거기엔 휴지는 없고 그 두꺼운 속 알맹이만 달랑 걸려 있는 게 아닌가. 그 뒤에 벌어진 일에 대해서는 상상에 맡기겠다.

다만 한 가지 고백하자면 그날 공연 내내 졸지에 나는 치질에 걸린 영조가 돼 버렸다는 사실이다. 특히 세자에게 호통을 치는 장면이 압권인데 혹시나 뭔가 터질 사태가 두려워서 배에 힘도 못 주고 빌빌대는, 걸음걸이가 약간 요상한 임금이었다. 빌어먹을, 그날따라 인터뷰는 왜 그렇게 줄줄이 오고 관객들은 왜 꼭 나만 붙들고 사진 찍겠다 난리를 쳐대는지.... 그래도 목소리 근엄하게, 얼굴 표정 근엄하게, 딱 죽을 맛이었다.

장모님

알코올 기운이 온몸을 짜하게 도는 순간이지만 나는 순간적으로 아주 먼 옛날의 꼬맹이 시절로 돌아갔다. 해 질 녘까지 땀을 삐질삐질 흘리며 놀다가 들어오면 없는 반찬에 밥을 먹인 뒤, 목욕을 시키고 빳빳하게 풀을 먹여 다린 깨끗한 이불에 나를 뉘이던 우리 할머니의 그 안온한 냄새와, 홑청의 사각거림이 장모님께서 누워 계시던 그 자리에서 소롯이 되살아났다. 대취한 나를 장모님은 내 유년시절의 할머니처럼 당신의 이부자리에 뉘었다.

연극배우라는 화상이 도대체 무엇을 하는 귀신인지 도무지 알턱이 없지만, 어쨌든 광대라는 인지 하나만으로 TV에서 사극만 나오면 길게 한숨을 내쉬며 우리 사우는 운제 나오능 겨, 하셨단다. 자식 잘되기보다 사위 잘되기를 그렇게 소원하셨던 장모님으로부터 나는 단 한 번의 싫은 소리도 들어본 적이 없었다. 이상하게 장모님이라고 부른 적도 없었다. 나는 처음부터 그냥 늘 엄마였다.

다음날 인천을 떠나면서 평소보다 몇 배나 긴 포옹으로 인사를 올렸다. Victory라고 쓰인 헐렁한 티셔츠에 아주 납작하게 쭈그러진 젖가슴으로, 휘적휘적 내가 사라질 때까지 그 자리에 오도카니 서 계시던 모습을 이젠 고인이 된 터라 더 이상 볼 수가 없다. 안방에 걸려 있는 영정사진으로 대신한다. 자연스럽게 찍힌, 그러나 급조한 느낌이 역력한 사진 속에서 장모님은 늘 환하게 웃고 계신다. 웃고 있는 모습이 더 가슴을 파이게 한다. 그 세월도 이젠 제법 지났다.

누란(累卵)의 벽

불문곡직 오마니한테 인사하라우, 하는 아버지 얼굴을 물끄러미 바라보며 나는 한마디도 할 수 없었다. 할머니의 지청구처럼 빨간 구찌베니에 빠마머리, 까만 핸드백과 뾰족구두의 엄마가 아니기 때문이었다. 아니 그것보다 오감 전체를 자극하는 내 느낌이 묘한 거부 반응을 일으켰다.

그때 겨우 초등학교 4학년이던 내가 인생에 대해서 무엇을, 얼마만큼 알았겠느냐마는 그 느낌 속엔 왠지 그 사실이 틀림 없을 거라는 자기 확신 같은 것이 숨어 있었다. 그런 나를 보며 억지로 인자한 웃음을 띠고 있는 그녀와 사뭇 고정된 시선으로 자기 얼굴만 빤히 쳐다보는 나를 번갈아 본 아버지는 강요하듯 재차 오마니

한테 인사하라우, 라는 말만 되풀이 하였다.

동대문시장에서 포목점 두 개를 갖고 그 일대에서 제법 돈 좀 만진다는 과부였다. 함경도가 고향인 그 부자 과부와 졸지에 모자라는 타이틀로 동거에 들어간 나는 그녀를 대할 적마다 반공 시간에 배웠던 빨갱이를 가끔 떠올리곤 했는데 중학교에 입학할 무렵 그런 의식이나 감(感)은 거의 사라진 대신 차갑고 무관심하다는 느낌이 자꾸 눈덩이처럼 커 가고 있었다.

그녀가 데려왔던, 나보다 두 살 어린 계집아이도 나도 친오빠와 친동생이 아니며, 친엄마와 친아버지가 아니라는 사실을 감지하고 있는 것 같았다. 감을 잡은 그 깊이와 두께만큼 우리는 보이지 않는 선과 벽으로 의붓이라는 의식을 두텁게 쌓아갔다. 이듬해 그 계집아이는 안타깝게 백혈병으로 죽었지만 그 아이가 살아 있는 동안 오로지 아버지는 친(親)을 강조하고 주입시키는 것에 만족해하는 듯한 눈치가 역력하였다. 종종 둘 다 무릎을 꿇리고 계모 앞에서 침 튀겨가며 친(親)에 관한 역설을 했으니까.

어느 날 지병으로 세상의 연을 끊은 아버지 덕분에 어렵사리 형성되었던 모자간의 끈이 자동 소멸되었다. 모자지간이라는 타이틀 역시 자동 소멸이었다. 내가 안주할 곳은 없었다. 밀어내지는 않았지만, 나는 휴학계를 내고 군 입대를 서둘렀다. 혹독한 훈련소 과정을 거쳐 자대에 배치받아 꼬박 36개월을 근무했지만 그녀는 단 한 번도 내게 면회를 온 적이 없었다.

새벽기도와 산상기도로 철저하게 신앙생활을 했던 그녀, 내가 군에 있는 동안 아버지가 유산으로 남겨놓은 집 두 채를 슬쩍 자기 명의로 이전했던 그녀, 아버지가 죽기 전 교묘하게 보험을 들어 보험금까지 타 먹었다는 그녀, 그 일 때문에 친척들 앞에서 고모로부터 똥바가지 세례를 받았다는 그녀, 그런 그녀가 나를 위해서 딱 한 번 대성통곡을 했다는 말을 들었다. 내가 훈련소에 입소한 뒤 군에서 보낸 내 옷가지와 신발을 가슴에 부여안았을 때.

워리 할머니

우리 동네 로터리 고가다리 밑으로 언제부터인가 노점상이 하나둘씩 들어서더니 지금은 제법 거래가 활기찬 자그마한 재래시장으로 자리 잡았다. 뿌리째 뽑은 미나리를 소쿠리에 담아 비닐 끈으로 대충 묶은 다발을 팔기 시작한 어느 할머니가 그 시장의 원조였다. 할머니가 내놓는 품목은 수시로 변했다. 그 옆으로 대형 마트가 하나 있지만, 아내는 일부러 빙 돌아서 일단 할머니한테 먼저 들리곤 했다. 됫박으로 파는 콩, 수수, 찹쌀이며 가끔 할머니가 직접 만들었다는 손두부와 메밀묵, 손수 키운 콩나물과 밭에서 일군 파를 사기 위해서였다.

자글자글한 주름과 굵은 주름이 씨줄과 날줄처럼 얼굴에 패인 할머니는 눈이 땡그랗고 체격도 몹시 작아 연민의 정을 불러일으키곤 했다. 그래도 언제나 환한 웃음을 잃지 않았다. 파는 물건도 양이 적어 거의 일등으로 탈탈 털고 일어서는 날이 많았다. 그러나 아내는 늘 할머니가 안쓰러워 일부러 팔아준다고 했다. 나는 그 옆에 서서 할머니에게 그저 꾸벅 인사나 드리는 것이 전부였는데 어느 날, 노점상 단속으로 급하게 쫓기는 할머니를 돕게 되었다. 아내는 물건을, 나는 할머니를 업고 근처 은행으로 냅다 튀었다. 생존권을 주장하며 맞서 싸우기엔 그 상황이 역부족이기 때문이었다

워리 할머니, 자식들이 있지만 자식들이 전혀 돌보지 않는다는 할머니, 길거리에 떠돌던 개를 데려와 함께 산다는 할머니, 개 이름을 어떻게 지을까 고심하다 그냥 편하게 워리라고 부른다는 할머니, 그리하여 동네에서는 워리 할머니로 통한다며 부끄럽게 웃는 할머니, 웃을 때마다 빨간 잇몸과 어금니만 달랑 보이는 할머니, 팔순을 훌쩍 넘긴 지 이미 오래지만 그래도 아직 정정하다며 자랑하는 할머니, 거의 팔지도 못한 손 두부를 우리가 몽땅 사겠다고 하자 그 값으로 부득불 자장면 한 그릇을 대접하겠노라며 자장면 집에서 털어놓은 할머니의 얘기였다. 식사가 끝난 뒤, 내 차로 집까지 모시겠다고 했지만 할머니는 홰홰~ 손사래를 치며 거절했다.

그 일이 있고 난 뒤, 작년 추석이 다가올 무렵에 이르러 할머니의 모습은 보이지 않았다. 주위 노점 상인들도 모른다는 말 뿐이었다. 집도 모르고, 이름도 모르는 할머니, 그 워리 할머니는 도대체 어떻게 된 걸까. 지금이라도 어금니만 보이는 웃음을 띄우며 나타났으면 좋겠다. 아니, 안 나타나도 좋으니 건강하게 살아만 계셨으면 좋겠다. 요즘도 근처 은행을 지나치려면, 약간 구부정한 허리로 빈 소쿠리를 옆구리에 꿰고 헐렁한 치마를 펄럭이며 휘적휘적 사라지던 할머니의 뒷모습이 자꾸 두 눈에 밟혀 온다.

아버지라는 이름

언젠가 그런 사내가 내 곁에 있었던 것 같다.

있었던 같다고 하는 것은 기억의 부재가 아니라 어릴 때 내가 보았던 그적의 아버지와 현재 아버지라는 이름의 나와 혼재된, 내 기억 속의 아버지였다. 이른바 사회적으로 성공한, 튼튼한 종마의 샘플을 모아놓고 너도 이렇게 돼야 한다는 강요 따위는 없었어도 동시에 자기 핏줄의 광대 기질마저 철저하게 짓밟았던 사내였다.

몸이 커지고 생각도 커 가는 동안 시간의 낙엽이 담장을 높이 쌓아주는 것은 마그마처럼 끓어오르는 그 사내에 대한 증오심과 세상이 정한 기존의 모든 텍스트로부터 자유로워지기였다. 그것은 방종이 아니라 나 자신의 본질을 찾기 위한 처절한 몸부림이었다. 그러나 엄밀히 말하면 서서히 분해돼 갔다라는 표현이 더 옳을지 몰랐다.

어느 날로부터 그 사내가 땅 속에 묻히고도 한 삶이 지나 한 삶이 자기만의 견고한 뿌리까지 내렸다. 그 삶이 예까지 오는 동안 기억의 창고에 습기가 차올라 망각의 나루터까지 당도한 것일까. 먼 산 아지랑이 일 듯 그것도 아주 가끔씩 그적의 사내가 문득 떠오르곤 했다. 그럴 때마다 묘하게 덤덤했다. 어느 한 시절에 보았던 자막 없는 무성영화처럼 그저 그랬다.

문제는 가끔씩 떠오르는 그 기억의 심도였다.

예컨대, 아이들의 관심사에 내 관심이 거의 움직이지 않는 적이 더러 있곤 했는데 그것은 아이들의 고집에 꺾이는 것이 아니라 내 관심 분야가 아니라는 것의 분명한 내 감정선이었다. 혹? 그 사내도 나한테 그랬던 것은 아니었을까? 그렇다고 나는 아이들의 관심사를 무참하게 짓밟거나 방해 따위는 놓지 않았다.

어느 날부턴가 나는 그 사내처럼 날계란 몇 개에 참기름을 혼합해 먹었다. 어릴 때 그 광경을 보고 진저리를 쳤음에도 그렇게 먹기 시작했다. 그리고 거의 먹지 않던 사과를 어느 날부터 줄기차

게 먹었다. 무심코 들여다본 거울 속에 그 사내랑 꼭 닮은 남자가 보이기도 했다. 어느 날은, 만만했던 세상이 결코 만만하지 않다는 그 답답함과 까닭 모를 분노에 휩싸여 결국 내 감정을 추스르지 못해 무르팍 사이로 코를 쿡 처박고 엉엉 울었을 때, 나는 순간적으로 소름이 돋았다. 어느 땐가 그 사내가 나처럼 울던 모습이 무성영화처럼 떠올랐기 때문이었다.

부분적으로는 사소한 기억이지만, 마치 평행이론이나 데자뷔 같은 그 기억의 심도는 매우 깊었다.

아, 젓가락이 짧고녀

유년시절, 후암동 꼭대기 우리 집은 마당이 꽤 너른 편이었다. 황토를 곱게 빻아 분진가루를 뿌린 듯한 마당은 언제나 뽀송뽀송했다. 한 귀퉁이엔 채송화와 나팔꽃, 맨드라미가 피어나고 뒤뜰엔 아주 널찍한 장독대가 있었다. 아니 그보다 마당은 사계절을 모두 품고 있었다. 계절마다 한결같이 수채화였다.

봄이면 황토 마당에 화전(花煎)처럼 구워지는 분홍색 꽃비하며, 당장 마당으로 마구 쏟아질 듯한 여름밤의 별들은 현기증이 날 정도였다. 가을이면 빨간 고추잠자리의 단골 이착륙 장소였던 장독대와 탱자나무 한 그루가 정물처럼 서 있었고 겨울이면 소복하게 쌓이는 눈으로 마당은 내 어릴 적 꿈동산이었다. 도시치고는 빈민촌에 가깝고 빈민촌이면 의레 산 중턱이나 꼭대기쯤에 옹기종기 모여 군락을 이뤘으니 당연히 우리집은 거의 시골집이나 다름없었다.

三代가 한지붕에서 살았다. 아침의 그 왁자함이 사그라들면 나는 철저하게 혼자였다. 나는 할머니가 엄마였다. 모두 일터로 가거나 학교를 갔다. 생각해보면 우리 집 어른들이나 나나 간이 부었었다. 아직 학교도 안 들어간 어린아이한테 집을 통째로 맡기고 다들 나가버리다니 오늘날 상식으론 도저히 납득할 수 없는 행위였다.

그러나 나로선 하루 일상 중에 가장 신나는 시간이었음을 어른들은 전혀 눈치채지 못했다. 동네 꼬마들의 출몰이었다. 아이들은 그 시간을 정확히 알고 몰려왔다. 대장이 따로 없었다. 똥개도 저희 집 앞에서는 뭔가 50% 먹어준다는데 하물며 내 집에서 누가 대장 노릇을 하랴. 그러나 대장이고 뭐고 잠시 후면 온 집 안이 난장판이 된다는 것쯤 두말하면 잔소리였다. 일터에서 돌아온 할머니한테 반쯤 죽는 것도 역시 두말하면 잔소리였다.

집안의 년 중 행사 가운데 김장이 가장 큰 몫을 차지했던 기억이 난다. 김치만 많이 담가도 배가 부르고 반찬이 넉넉했던 느낌은 어린 내 눈에도 잔뜩 포만감을 안겨주곤 했다. 백 포기는 기본이고 많이 담그는 해에는 삼백 포기도 담았다. 남자들은 배추를 나르고 여자들은 씻고 절이고 하기를 이틀, 마지막 날엔 양념을 버무리고 배추 속에 양념을 넣는 작업이 이어진다.

그때 마당 한 귀퉁이에 땅을 파서 독을 묻는 일은 남자들 몫이었다. 남자들은 할아버지의 지휘 아래, 여자들은 할머니의 지휘 아래 움직였다. 어린 마음에도 우스운 건 바람둥이 큰삼촌이 가짜 며느리를 둘씩이나 불러 김장 담그기에 투입을 시키는 거였고, 식구들은 영 마땅치 않은 눈치이면서도 소위 노동력 부재를 고려하여 고모에게 눈알 휘딱 뒤집어진 가짜 사위들까지 동원시킨다는 거였다.

삼촌들과 고모는 죽어라 팝만 듣고 할아버지는 당신의 재산목록 제1호인 축음기로 클래식만을 고집했다. 사실은 할머니가 더 고집을 부렸다. 오로지 전통가요만 즐겨 들었으니까. 그 틈새에 낀 나는 늘 짬뽕이었다.

여름밤이면 밤잠을 설친 고모와 나란히 평상에 누워 밤하늘을 구경했다. 언제나 그랬듯 하늘은 그야말로 까만 자개 상이었다. 연초록으로 빛나는 은하수 위에 새파란 빛을 띤 왕별들이 영롱하게 빛나곤 했다. 간혹 나는 장독대에서 별을 헤는 아이가 되곤 하였는데 내게 있어서 장독대는 사실 아주 비밀스러운 장소이기도 했다. 옆집 정금이 누나랑 똥구멍이 간지러울 정도로 아주 속닥한 소꼽놀이장소였으니까.

용산고등학교에서 용산 꼬마라고 불리는 큰삼촌은 소위 학생 깡패였다. 학교에 늘 불려 다니던 할머니가 본인보다 출석 일수가 더 많았을 정도니까. 그러나 4.19 혁명 때 제일 용감했다는 전설이 있다. 하지만 그 전설은 순전히 본인의 입에서 흘러나온 무용

담이어서 옆구리에 스치고 지나간 총알 자국이라는 것도 그저 불에 데인 듯한 느낌일 뿐 진실성이 극히 낮아 보였다. 그 삼촌이 어느 날 막걸리 냄새 휘휘 풍기면서 밤하늘에 떠 있는 휘영청 한 달을 보고 詩랍시고 한 수 읊조렸다.

"내 너를 품을 수 있는 날이 언제 련고, 내 너를 술안주 삼을 날이 언제 련고, 아~ 젓가락이 짧고녀...."

우히히, 키득키득, 고모와 나는 그렇게 화답할 수밖에 없었다.

이해득실이 아닌, 사회의 시대적 풍조에 따라 어느 시절에 이르러 우리 집도 하나둘씩 분가를 하기 시작했다. 먹성 입성 부족으로 허덕일망정 훈훈한 인간애가 공존했던 시대는 이제 아득한 전설의 고향쯤으로 돌아갔다. 철저하게 개인주의가 팽배한 오늘날을 생각해보면 그때 그 시절이 마냥 그립기만 한 것은 어쩌면 당연한 일인지 모른다.

지나간 장날, 엄마 꿈

할무니, 나 엄마 보구 싶다

기딴 소리하디 말라우

치, 맨날 맨날 엄마 꿈 꾸는데

기래두 기딴 소리 하문 안 돼

씨, 왜 안 돼

고저, 안 되문 안 되는 둘 알라우

할무니가 맨날 지나간 장날에 온다구 했잖아

지내간 장날 열 번만 더 지내라우

힝, 또 지나간 장날이래

기럼 네 오마니 올지두 몰라

........?

난 이담에 커서 꼭 엄마 찾을 거야
네 에민 찾아두 없어야
친구들이 그러는데 엄마는 세상에 다 있데 뭐
기딴 개소린 듣지두 하디두 말라우
할무니는 엄마두 아니면서 왜 그래
간나 새끼래 오늘 맞아보간 엉?
씨, 맨날 그래

유년시절, 얼굴도 모르는 엄마가 몹시 그립던 어느 봄날 마루 끝에 앉아 올려다본 하늘은 그냥 눈물이었다. 지나간 장날이라니…. 돌이켜 생각해 보면 할머니는 아주 노회 한 언어의 연금술사였다.

태풍 지나고 나자 순식간에 뭐든 다 잃어버린 것처럼 내 운명의 초장 좌표는 그렇게 설정돼 있었나 보다. 둔한 것인지 중학교에 진학할 즈음에야 엄마의 부재를 느끼기 시작했다. 언제나 존재감마저 희박한 단어였지만 역설적으로는 할머니의 대리모 역할이 컸다는 반증이었다. 엄마의 부재에 대한 아쉬움은 있었어도 상처라고까지 느껴본 바는 없었으니까.

추억은 언제나 봄볕의 아지랑이다. 아득한 기억일수록 토담집 담벼락에 펄럭이는 세월이다. 엄마, 할머니는 내가 죽을 때라도 부를 수 있는 이름들이라 눈물이 난다. 그 이름들, 푸른 잎사귀 다 잃었어도 내 가슴속에 가죽을 남긴 가죽나무로 남아있어서 다행이다. 언제든지 꽃 한 송이 바칠 수 있는 이름들이라서 다행이다. 살아생전 아낌없이 제 삶 소멸해버린 여인들이다. 삶이 그들을 사랑했는지는 모른다. 굳센 어떤 존재의 방식처럼 엄마의 부재가 꼭 숨기고 싶은 과거가 아니기에 나는 조금도 슬프지 않다.

다만, 어른들의 이해득실이나 사랑 유희에 희생당해 어린아이의 운명까지 바꿔놓는 행위는 정말 진중하게 고민해야 할 문제다.

아무런 말도 전하지 못했던 어느 날

웃고 있어도 눈물이 난다 했던가. 함께 하는 시간만큼은 무엇인가 전하고 싶은 언어들이 분명히 있었던 듯한데 그녀 앞에선 정작 아무런 말도 하지 못했다. 오직 그녀만을 위하여 준비해 두었던, 지금은 기억조차 할 수 없는 그 언어들은 무엇이었을까. 차창을 드세게 때리는 빗줄기 속에서 와이퍼의 작동은 원활했지만, 생각은 어느 정류장에서 멈춰버린 듯 미동도 하지 않았다. 이제 돌아가면, 이제 돌아가면, 마치 고장 난 레코드판처럼 그 말만 맴돌 뿐 그 이상의 단어는 떠오르지 않았다.

백혈병을 앓듯 개망초 피던 봄날로부터 철조망 건너 철길 주변 코스모스가 우산을 쓴 모양새로 흔들릴 때까지였으니까 고작 몇 개월의 인연이었다. 역마살로 둥둥 떠다니는 파도를 끼고 날마다 소금기가 쌓이는 좁다란 어촌, 그곳 민박집에 잠시 눌러 있으리라던 계획이 한 달 두 달이 지나고 계절이 지나갔다. 어촌, 진촌리는 생각보다 호화로웠고 자유로웠으며 밤마다 주지육림에 빠진 폭군처럼 거칠 것 없이 지낼 수 있는 곳이었다. 그러다 어느 날 불현듯 정신을 차렸을 때는 가을꽃 무덤이 차곡차곡 봉분을 쌓고 있었다.

집을 나설 때의 작심은 단편 소설 몇 편이었지만 계절이 두어 번 바뀌면서 은근 장편 한 권으로 기울고 있었다. 엄밀히 말하면 수없이 썼다 지웠다를 반복하면서 얼토당토않는 시 몇 편 쓴 것이 고작이었다. 구상은 늘 구상으로 그쳐 에필로그 없는 프롤로그만 잔뜩 쌓였다. 그럴 때마다 진촌리 이장과 막걸리에 대취하는 날들이 더 많았다. 나는 이장 집에서 기거하고 있었다. 민박을 구하다가 우연찮게 만난 이장과 단박에 소통이 이뤄졌던 것이다. 다른 민박보다 가격도 저렴하고 하루 세끼를 모두 제공한다는 조건이었다. 나로선 거절할 이유가 없었다.

이장은 거의 오십을 바라보는 나이에 베트남 여인과 결혼했는데 장모가 더 어리다는 소문이었다. 게다가 전처와 사이에 자식이 둘이나 있는 데다 홀어머니까지 모시고 있으니 베트남 여인의 고충이 어떨지는 대충 짐작이 가고도 남았다. 이제 곧 이십 대 중반을 바라보는 그녀의 이름은 옌이었다. 어눌한 한국말이지만 의외로 성격 활달한 그녀는 한 가정의 아내나 어머니라기보다는 편부의 한 가정을 책임지고 죽어라 일만 하는 장녀 같았다. 하루 종일 뼈 빠지게 일을 하면서도 얼굴에 그늘이 없다는 것이 신기할 정도였다. 그러나 아이들의 배타적 응대와 시어머니의 깐깐함을 오직 쉬임 없는 일로 메꿔가는 듯했다. 아니 스스로 일을 찾아서 하는 것 같았다.

희미한 전등 아래 손 안에서 노니는 시구의 방점들이 시간의 흐름을 막고 있는 듯했지만 창밖은 가물가물 질긴 시간이 흐르고 있었다. 쓰던 동작을 잠시 멈추고 지난 몇 개월을 되돌아보았다. 사실 봄부터 나는 이장 일을 조금씩 거들다가 어느 시점부터는 아예 일과처럼 돼버린 일들이 생겼다. 자연스러운 흡수였지만 몸 쓰는 일에는 영 젬병인 나는 반가움 반 무거움 반이었다.

아침 일찍 먼 바다로 통통배를 끌고 나간 이장은 돌아올 시간을 넘기고 있었다. 그가 없는 사이 저녁 식사를 하기 전까지 옌과 나는 건조대에 생선을 널었다. 스펀지에 물 스미듯 피곤이 몰려왔지만 마침 빗방울이 떨어지면서 느닷없이 서정적 감흥이 어쩌구에 휩싸인 나는 노트북 앞에 앉았던 것이다. 일정한 리듬을 타고 내리는 비는 일정한 멜로디와 일정한 박자를 지키고 있었다. 빗소리만 들리는 탓인지 사위는 오히려 깊은 침묵 속으로 빠져들었다. 그때 방문 두드리는 소리가 났고 미처 대답도 하기 전에 술상을 든 옌이 들어섰다.

거절도 못하고 반색도 못할 어정쩡한 순간과 시간이 흐르면서 술 몇 순 배가 돌아갔다. 몇 개월 기거하면서도 그녀와 단둘이 있기도 처음이지만 그녀의 민낯을 자세히 보는 것도 처음이었다. 시골 아낙답게 검게 그으른 피부, 입술 위와 귀밑으로 잔털이 나 있는 옌은 아직 앳된 소녀 같았다. 일상적인 대화가 조금씩 열기가 오르면서 그녀의 술잔 비우기 속도도 빨라졌다. 양파껍질 벗겨지듯 그녀의 사연도 드러나기 시작했다.

어느 한 사람이 일부러 어느 한 사람의 일생을 망가뜨리기 위해 철저하게 계획을 세웠다면 마치 영화 올드 보이처럼 그 죄질은 천인공노할 범죄에 속할 것이다. 전혀 그럴 생각이 없었음에도 그렇게 됐다면 그것을 그냥 운명이라고 치부해도 한 사람의 삶은 비참하기 이를 데 없을 것이다.

꾸역꾸역 무엇인가를 토해내듯 그녀의 속내가 하나둘 씩 울컥울컥 터져 나올 때마다 나는 문득 천승세의 단편소설 "황구의 비명" 끝부분이 떠올랐다. 거대한 수캐가 육중한 몸으로 작고 왜소한 암캐(누런 개)와 교미하는 과정에서 수캐의 포악성으로 결국 죽어가는 광경을 묘하게 미군과 양색시, 더 크게는 외세의 침입과 약소국가를 연상케 하는 소설의 말미였다.

수십 년 동안 분 초 단위로 아주 느리게 틈이 벌어지는 콘크리트 벽처럼, 필사적으로 매달리다 거센 바람에 뜯겨나가는 비닐처럼, 그녀의 입에서 쏟아져 나오는 이야기들은 모두 어둡고 칙칙했으며 아슬아슬했다. 소위 흙수저의 전형적인 생이었다. 베트남에 견주어 훨씬 부자 나라에 사는 남자에게 결혼만 하면 곧 부자일 수밖에 없을 거라는 거품 인식의 결과였다. 전혀 다른 풍습과 언어문화, 나이 차에서 오는 괴리감과 이질적 환경은 차라리 두 번째 문제였다. 마음만 먹으면 언제든지 금의환향할 듯한 기대와 빈곤한 친정집에 매달 도움이 될 수 있을 것만 같았던 자신감, 그것은 마치 복권을 산 뒤 일주일 내내 상상만으로 행복한 꿈을 꾸다가 현실을 직시하는 순간 일 초의 여유도 없이 깨지는 공상 같은 것이었다.

고기 잡는 일은 당연히 남편의 몫이지만 밭일은 자연스럽게 그녀의 몫이었고 이제 한창 청소년인 아이들 뒷바라지와 몸이 불편한 시어머니 수발 역시 그녀의 몫이었다. 그보다 참기 어려운 것은 적개심에 가까운 적의를 드러내며 일상 따가운 눈총을 보내는 아이들과 시어머니의 어리광이었다. 밤이면 거의 폭력에 가까운 남편과의 잠자리는 더욱 고통스러웠다. 그런 날일수록 가난을 등에 업고 하회탈처럼 웃고 있을 가족들이 더욱 안쓰럽고 자유로웠던 고향이 몹시 그리웠다. 이런 생활을 이어갈 것인가를 놓고 심하게 갈등을 겪는 것 같았다.

문득 역마살로 둥둥 떠다니는 바다가 다시 떠올랐다. 어눌한 한국말로 침착하게 자기 속을 털어내는 동안 그녀의 눈동자는 그냥 바닷물이었다. 알카해진 술기운에 코감기 소리를 내며 내가 알아들었든 말든 주절주절 자기 이야기를 쏟아냈다. 까닭 모를 서러움에 목울대가 심하게 출렁였지만 나는 애써 감정을 추스르고 귀를 기울였다.

손 등의 진한 갈색과는 너무나 대조적으로 흰 그녀의 손바닥이 묘한 서글픔을 주었다. 침착을 가장한 그 손이 술상을 들고 나갔다. 이야기의 전부는 책 읽어주는 여자가 감정을 약간 담아 들려준 듯했지만 여진이 깊었다. 그녀를 위해 무엇인가를 해줘야 한다는 막연한 생각과 타인의 사생활일 뿐이라는 생각이 심하게 불꽃을 튀겼다. 그러나 뾰족한 수가 없었다.

몸속으로 검은 장막을 드리운 어린 나뭇가지, 부서진 유리 조각처럼 흩어진 희망이 신의 가호를 기다리고 있었다. 잎사귀 하나 제대로 간수하지 못한 채 화관을 벗어야 하는 운명이 될 것인가. 자라고 피어나기도 전에 쇠락하는 새의 깃털처럼 그녀는 성성한 솜털을 억지로 쑤셔 넣으며 외투를 기우고 있었다.

우울한 나날들이었다. 며칠 후, 짐을 모두 쌌다. 전날 이장에게 그동안 고마웠노라며 하직 인사를 했다. 그가 배를 타고 나간 사이 나는 방파제에서 그녀와 만났다. 하늘은 우중충했고 바람이 몹시 불었다. 딱히 할 말이 떠오르질 않았다. 남은 돈을 모두 쥐어주곤 나는 차를 몰았다. 베트남 화폐로 환산한다면 직장인 몇 달치 월급에 해당되는 액수지만 백미러에 비친 그녀는 내 차가 사라질 때까지 손을 흔들며 붙박이처럼 서 있었다. 휘날리는 머리카락이 그녀의 얼굴을 지웠다 펼치기를 반복했다. 어느 길 쯤에서 장대비가 내리기 시작했다.

철길 마을에서

몇 컷의 장면이 빠져도 아무렇지도 않게 이어진 영화처럼 시간의 부리가 부지런히 쪼은 여름을 통째로 들어내고 기척도 없이 가을이 왔다. 평화적인 정권 교체를 보장해 주지 않았음에도 유독 평화롭게 느껴지는 나날들, 잔영을 몰고 다니는 열차가 쏜살같이 꽁무니를 빼고 지나칠 때마다 낡은 슬레이트 지붕이 들썩이며 가을빛이 휘청거렸다.

아침이 오면 낮은 구릉 사이로 노란 가을 햇살이 우산 없이 맞아도 기분 좋은 여우비처럼 내렸다. 애인이 저랬으면 좋겠다 싶었다. 특별난 일이 없어 특별한 느낌의 일상, 가을 복판을 지나면서 조금씩 더욱 고즈넉해지는 들판은 이제 막 목욕을 끝내고 기분 좋은 바람을 맞는 것처럼 상쾌했다. 가끔 갯지렁이를 잡아 낚싯대를 드리우곤 흠흠 콧바람을 뿜으며 열혈 조사를 흉내 냈다.

오후에는 산 중턱 계단식 밭길 끄트머리에 슬레이트를 얹은 평상을 자주 찾았다. 산 아래에서 바라보는 평상은 산 허리에 그려놓은 뎃상이었다. 평상 다리에 짓눌려 핀 꽃과 철길 자갈 틈에서 핀 꽃은 왜 저렇듯 험준한 변방의 호적지에서 태어났을까. 평상에 앉아 있으면 철길 주변의 모든 것이 보였다. 바다를 전경으로 철길 한 편에 늘어선 마을은 어느 화가의 수채화에서 만난 듯한 데자뷔였다. 가을임에도 한낮에는 어디선가 가끔 매미소리가 들리는 듯했다. 누구나 알아들을 수 있는 주파수로 매미소리를 흉내 내는 풀벌레가 아닐까. 그래야 동료들의 통음을 불러낼 테고 가을 숲답게 콘서트가 이뤄질 테니까 말이다.

학교에서 돌아오는 아이들의 재잘거림이 뻘배를 타고 갯벌을 누비는 아낙들의 분주함과 묘한 대조를 이루곤 했다. 금빛 햇살로 멱을 감는 바다 위로 엎어진 W 한 쌍이 날아다녔다. 갈매기였다. 눈물이 날 정도로 평화로웠다. 그 평화로움을 한순간씩 깨는 것은 열차였다. 자랄 만큼 자라서 성장이 멈춘 듯한 마디 긴 은색 지네가 은빛 속도로 지나가는 형상이었다. 도대체 이 철길 마을 사람들은 아이들을 얼마나 많이 낳았을까.

한 잔의 붉은 칵테일처럼 문득 가을이 깊어졌다.

슬레이트 지붕에 조금씩 서리가 내릴 즈음 심하게 요동을 치던 저녁노을이 서편으로 몰려가는 현상이 뚜렷해졌다. 밤이면 선술집에서 흘러나오는 노랫가락이 등불 켠 마을을 한 번씩 휘돌았다. 더러 술에 취한 남자를 끌고 가느라 악을 써대는 아낙의 소리가 오히려 모든 소리를 잠재우곤 하였다. 그 소리의 주인공들은 의례 마누라 없이는 살아도 술 없이는 못 산다는 박 씨와 그의 아내였다.

몇몇은 고기잡이로, 몇몇은 농사로, 몇몇은 위성도시의 노동과 날품팔이로 연명해 가는 조금은 이상한 마을이었지만, 한 달간 노역을 대가로 얻는 수입에 대하여 침을 튀겨가며 과장되게 부풀려 말해본들 결국은 다 고만고만한 형편들이었다. 다 큰 누구네 여식 엉덩이 한쪽에 커다란 점이 있다는 정보는 정보도 아니었다. 더러 갯벌에서 뻘짓을 하듯 남의 집 아낙에게 첫사랑이었음을 주장하다가 혼쭐이 난 사내는 고사하고 그 일이 있은 후 첫사랑이라고 자처하는 남정네들이 여럿 고백을 하는 통에 몇몇 남자는 졸지에 껍데기 동서가 돼버린 일도 있었다. 피 터지게 싸울 법도 하건만, 누군가 사과의 의미로 막걸리 한 사발 대접하겠다는 제의 하나로 금방 예전의 관계로 돌아가는 순박한 사람들이었다. 밭일 나간 엄마 대신 이웃집 아낙이 아이들 밥을 챙겨주는 것은 정해지지 않은 것을 충실하게 지키는 묵시적 룰이었다. 처음에는 보이지 않던 것 가운데 날이 갈수록 선명하게 드러난 것은 마을 사람들의 협동이었다. 고기잡이나 농사는 물론 집을 보수하고 가축을 돌보는 일까지 손이 비면은 어김없이 손을 채우곤 했다. 어딘가 모르게 느릿

느릿, 꼬물꼬물 한 느낌이었지만, 화학적 수치로는 계산이 불가능한 은근히 끈적끈적한 정이 담긴 느낌이었다. 영악스러운 면도 있었다. 가령 삽이나 곡괭이, 자잘한 연장 따위에 자기만 알아볼 수 있는 표시를 해둔다는 점이었다. 애교스럽다 못해 차라리 귀여울 정도였다.

사실 여기까지는 누구나 흔히 볼 수 있는 광경이었다. 그러나 흔히 볼 수 있는 광경이라고 해서 느낌 또한 동일한 것은 아닐 것이었다. 열차 안에서 보면 눈 깜짝할 사이에 스치고 지나가 버릴, 그러니까 저런 곳에서도 사람이 사나 싶을 정도로 작은 이 어촌에, 차고 비는 이치를 깨우쳐주는 자연처럼 사람들은 옛적에도 살았고, 살고 있으며, 살아갈 것이라는 삶에 대한 묘한 경이로움을 동일하게 느낄 수 있을까 싶었다.

철길 옆에 개망초 희끗희끗 백혈병 무리 져 피었을 때니까 봄부터였다. 오선지에서 지우다 만 음표 하나 남은 것처럼 탱자나무 가지에 갈색으로 늙어버린 잎사귀 하나 달랑 매달려 있는 이 가을까지 나와 가까운 사람들은 나의 부재를 전혀 눈치채지 못하고 있을지 몰랐다. 아니 그것보다 바퀴 달린 최첨단의 기계가 매일 시차를 두고 지나가는 곳이지만, 열차 안에서 바라볼 때 그저 잠깐 스치고 지나간 풍광 같은 이곳을 사람들은 생각이나 할까 싶었다.

가을 저녁 숲이 바야흐로 거의 호흡을 멈추고 있었다. 그 숲길

끝에 구름들이 중얼거리며 서편으로 서편으로 몰려가고 있었다. 그동안 보았던 삶의 풍경들이 너무나 사실적이었다는 것에 나는 잠시나마 영화로운 나날들이라고 생각했다. 언제라도 눈물 글썽이며 돌아와 환하게 웃음 지을 기억들이었으며 내 가슴속 깊이 박제될 추억들이었다. 하여간 나는 내 생의 어느 한 귀퉁이를 지날 때 지극히 평범해서 그 누구도 알아주지 않을 추억일 망성, 너무나 평범해서 오히려 너무나 특별했던 그런 추억 하나쯤 독하게 끌어안고 싶은 것이었다.

금연하려다 응급실에 실려간 사연

서방 없인 살아도 요 담배 없이는 못 살아. 담배 연기를 길게 좌악 뿜으면서 요따위 말을 심심찮게 내뱉는 아내다. 하지만 신혼 때 살살 꼬드겨 담배 맛을 알게 한 죄가 커서 나는 그저 눈만 끔뻑거릴 뿐 아무 말도 할 수 없다. 그럴라 치면 괜한 헛기침 한 번 내뱉곤 나도 맞담배질이나 하는 게 고작이다.

그런 아내가 상당히 심각한 표정과 단호한 어조로 금연 제안을 해왔다. 한 번씩 고개를 쳐드는 흡연의 심각성 때문에 속으로 몇 번이고 금연을 다짐해 오던 터라 이참에 잘 됐다 싶어 일단 약속을 했다.

1. 몰래 피우기 없기.

야행성의 표본인 나와 낮에 활동하는 아내는 서로 시간 개념이 확연히 다르다. 잠자리에 들기까지 현장도 다르니 몰래 흡연은 언제나 가능한 일이다. 사노라면 때로는 이런 양심의 문제가 더 걸리곤 한다.

2. 집에 있는 재떨이는 모두 버릴 것.

그러 마 하곤 사실은 하나를 꼬불쳐 두었다. 확실히 나는 완전범죄에는 미흡한 뇌구조를 지닌 듯하다. 사실 다 버리고 피워도 걸릴 것은 하나도 없는데 말이다.

3. 금연의 의지가 가시적으로 확인될 경우 용돈을 오천 원 인상시켜 준다.

요거이 귀중 맘에 들었다. 이쯤 내 일용할 용돈의 사용처를 대략적으로나마 밝히자면 하루 용돈은 일단 이만 원이다. 내 직업상 돈에 관한 한 채산성과 생산성을 따진다면 사실 거의 제로에 가깝다. 한 달 치를 계산해 보면 나는 제법 넉넉한 용돈을 타 쓰는 셈인데 그게 실제로는 영 그렇지가 않다.

오래전 오토바이를 몰고 다녔었다. 당시 생각으론 우리 형편에 딱 부합하는 교통수단이었지만 과부 제조기라는 별명이 무색하지 않게 몇 번의 사고를 당하곤 과감하게 승용차를 구입했고, 새 차를 사서 16년 만에 폐차를 시키곤 다시 중고차를 사서 탄 세월이 10년을 코 앞에 두고 있다. 용도는 거의 아내의 퇴근용이지만 대중교통을 이용하지 않는 내 입장에서는 한 달 기름값이 장난이 아니다. 그나마 소형에서 중형으로 바꾼 터에 한 번씩 말썽이라도 부릴 때마다 수리비 역시 버거울 정도다. 그러니까 한 달 기름값, 보험료, 세금, 수리비, 정기적 소모품, 가끔 발생하는 접촉사고비용. 담배값, 술값, 등등.... 을 제외하고 선생님이라는 이유로 체면상 밥값, 차값을 지불할 때가 종종종종 발생한다. 한 마디로 정작 내가 마음 놓고 쓸 여유는 거의 없는 것이다. 그러니 용돈 인상

제의가 솔깃할 수밖에.

4. 만약에 몸과 옷에서 니코틴 냄새가 날 경우, 벌금 이만 원을 문다.

이 조건이 상당히 껄적지근한 대목인데 하루 용돈 이만 원을 얻어 쓰는 주제에, 게다가 실질적으로 사라지는 용돈의 사용처가 저렇듯 명확관하한데 벌금으로 이만 원을 물면 얼마나 절통한 노릇인가. 법칙금이 강해야 지켜진다는 우격다짐에 나는 거의 모기 소리만 하게 하튼 뭐 어쩌고 하면서 예스냐 노냐의 경계를 슬쩍 뭉개버렸다.

그래도 우리는 아내와 남편, 부부라는 공동체 인격 하나만을 믿고 실행에 옮기기로 했다. 드디어 금연 하루 이틀이 지나고.... 금단현상이 심하다는 삼일째였다. 포장마차 영업이 거의 끝나갈 무렵 전화벨이 요란하게 울렸다. 아주 다급하고 당황해하는 목소리가 수화기를 타고 흘렀다.

“하이거, 슨상님요~~! 마누레 다 죽소~~!! 퍼떡 날라 오이소~~!!!”

무슨 일이냐고 물을 새도 없이 옆 포차 아줌마는 겁나게 끊어버렸다. 전화기 안 부서졌나 싶었다. 불현듯 좋지 않은 예감이 스치고 지나간 나는 16년 묵은 또옹 차를 몰고 이랴~!! 발굽이 타들어가도록 포장마차로 냅다 달렸다. 얼굴에 밀가루를 뒤집어쓴 것처럼 얼굴이 온통 하얘진 아내를 우선 차에 실었다.

병원 응급실에 도착하자 뭔 놈의 응급환자들이 그리도 많을까. 더러 가짜 응급환자도 있다는 소문을 들은 터라 나는 무조건 사람 죽는다고 고함을 지르고 의사만 찾았다. 괜히 의자를 들었다 놨다 하며 의사가 즉시 안 오면 다 죽이겠다는 엄포까지 서슴없이 쳤다. 간호사는 재빨리 아내를 침대 위에 뉘었다. 의사가 이리저리 아내의 눈을 살피고 입 안을 플래시로 구석구석 살필 때마다 내 목구멍에선 침 넘어가는 소리가 종류별로 들렸다. 꼴깍, 꿀까악, 꿀딱, 꿀꺽…. 애타는 내 심정은 아랑곳하지 않고 아주 느긋하게, 칩 세컨에게 링거 한 병을 지시한 의사는 내게 이렇게 말하는 거였다.

"식도에 작은 이물질이 끼인 것이니 너무 염려하지 마십시오."

"그럼 이젠 괜찮은 건가요. 선생님?"

대답 대신 빙긋 웃고 돌아서는 의사를 보는 순간, 흰가운이 똥고에 잡아먹힌 그의 뒤태가 내 눈에 또렷하게 들어왔다. 확실히 나는 그때 제정신이 아닌 모양이었다. 현실이 이완될 정도로 정신이 혼미한 상태는 아닌 듯싶은데 그 상황에서 그런 것이 다 눈에 들어오다니…. 링거 한 병을 다 맞고 배실 배실 웃으면서 응급실을 나온 아내의 사연인즉슨, 이랬다.

금연을 하니까 자꾸 입이 궁금해지더란다. 그래서 주전부리로 사온 것이 땅콩이었는데 그냥 껍질이나 까먹으면 될 것을 정말 그냥 먹기가 심심해서 한 알씩 공중에 던져 놓고 받아먹다가 그만 땅콩 한 알이 목구멍에 딱, 걸렸다는 거다. 우리는 응급차가 모여 있는 어둠 컴컴한 구석에 쪼그려 앉아 새로 산 담배 한 갑을 확 잡아 뜯곤 나는 연속으로 연기를 뿜어대며 이렇게 말했다.

"젠장~~ 금연하다가 사람 잡겠다. 걍~ 펴, 펴, 펴~~~!!"

그 뒤로 우린 아직 서로 금연의 금 자도 꺼내지 않고 있다. 그 이유는 잘 모르겠다. 금연은 확실히 마음의 결기가 필요하다. 어떤 조건이나 핑계를 내세워 실행하는 금연은 말짱 황이다. 그리고 그날부터 우리는 거의 묵시적 동의 하에 인명은 재천이다, 라는 문구를 마치 모태신앙처럼 믿고 있다.

선술집 동백섬 소하

늘 음영이 드리워진 열 평 공간 안에는 숱한 사연들이 떠도는 듯했다. 사연들 대부분 꿈의 다발에서 풀어진 해프닝이거나 왜곡된 진실이거나 사람들을 향해 출발했던 꿈의 빛 점들이 아직 먼 광년을 헤맬 터였다. 무형의 공간이지만 열 평이라는 물리적 수치 때문인지 미처 탈출하지 못한 사연들이 묵시적 언어로 소리 없이 둥둥 떠다니는 것 같았다. 묵시적 언어가 소리치고 싶은 사연들은 도대체 무엇일까.

술 냄새와 안주 냄새가 시큼하게 밴 공간, 몇 백 개의 단어로도 표현 못할, 그렇다고 한 마디로 딱 잘라 이렇다 저렇다 말 못할 사연들이 마치 끈적한 액이 묻은 모래알로 뒹구는 공간 같았다. 흘린 술 자국이 탁자의 본래 무늬를 점령한 지 이미 오래된 듯 갈색

탁자보다 더 진하게 착색되어 있었다.

소하는 늘 주방 입구 탁자에 턱을 괴고 앉아 있었다. 뱃사람들 사이에선 성깔 더러운 년에 밝히는 년으로 불렸다. 깔색골이라는 별명이 붙어다녔다. 성깔의 깔과 밝히다의 타동사를 합친 이니셜이라고나 할까. 누가 지었는지 다들 기가 막히게 지었다고 했다.

하지만 이삼년 들락거리면서 나는 한 번도 그 같은 느낌을 받아본 적이 없었다. 내가 발견한 것은 오히려 우수였다. 손님과 까르르 웃다가도 바람 빠지는 풍선처럼 금방 웃음이 사그러질 때, 분을 못 이겨 식식대다가도 금방 평정을 찾을 때, 아주 슬퍼서 눈물을 펑펑 흘리다가도 언제 그랬느냐는 듯이 눈 스윽 닦곤 곧 평상시 모습으로 돌아올 때, 그 끄트머리에는 항상 동일한 크기로 음영의 길이와 깊이가 깔리곤 하였다. 성깔이 있다는 것과 밝히는 것은 결국 제 신관 편한 것일 수도 있으니 어쩌면 우수와는 거리가 먼 듯한 느낌이었다.

주위에서는 길냥이 맘으로 통했다. 본능적으로 먹이를 주는 사람이 누구고 몇 시쯤에 먹이를 준다는 것을 잘 아는 고양이들이 매끼 동백섬 앞에 장사진을 치곤 했다. 주변 사람들은 오히려 눈살을 지푸리고 노골적으로 고양이들을 쫓아버리곤 했지만 소하는 눈썹 한 올 까닥하지 않았다. 그러거나 말거나 때가 되면 먹이를 주곤 했는데 거짓말처럼 그때만큼은 얼굴에 그늘이 없었다. 아니 행복해하는 모습이 역력했다. 성깔 더러운 년치곤 도무지 이해가 안 된다는 눈치들이었다.

주시(酒時)에 술을 치고…. 12 간지의 술시(戌時)와 술을 마시는 술시(酒時)와는 어떤 차이가 있을까. 12 간지의 술시가 저녁 7시와 9시 사이이니 술 먹는 시간이라고 해도 틀린 말은 아닐 것이다. 그러나 이 시대가 말하는 진짜 술시는 언제일까. 저녁 10쯤은 돼야 하지 않을까. 그렇게 술시가 다가오면 매일 출근을 하듯 미니 엠프와 기타를 들고 나타나는 악사가 있었다. 일몰이 스러지기까지 거리에서 버스킹을 하다가 느지막이 저녁 한 술 때우곤 선술집 형태의 주점들만 다니며 즉석 노래와 연주로 몇 푼씩 받고 연명하는 소위 무명 가수였다.

주인장 허락 없이는 불가능한 노동이지만 소하는 한 술 더 떠 혹시 다른 술집에서 거절하면 무조건 동백섬으로 오라고 했다. 심지어 아무 때고 영업이 끝날 때까지 있어도 좋다고 했다. 신청곡에 따라 천태만상의 노래가 울려 퍼지는 선술집 동백섬…. 어느 땐 손님 모두 합창을 하면서 밤이 깊어갈 때도 있었다.

가을이 낡은 춘화처럼 사라지는 동안 발길이 뜸했었다. 동백섬을 다시 찾은 것은 몇십 년 만에 폭설이 내리던 날이었다. 눈에 익숙지 못한 도시는 모든 것이 느렸다. 흑백의 무성영화가 현대기법을 동원하여 느린 화면으로 움직이는 것 같았다. 포근했고 마냥 행복한 느낌이었다.

동백섬 내부가 확 달라져 있었다. 칙칙했던 조명은 좀 더 밝아졌고 새로 바뀐 탁자들과 일부는 아예 내부 장식을 바꿔버렸다. 선술집이라기보다는 약간 전통찻집 분위기를 모방한 듯한 느낌이었는데 술시면 의례 그렇듯 담배 연기 자욱하고 왁자한 소음은 여전했다. 겨우 탁자 네 개에서 들리는 소음이 이렇게 시끄러운 곳도 없을 것 같았다. 그러고 보니 새삼 눈에 띄는 것이 있었다. 비좁고 아슬한 자리였지만 높은 의자 하나에 마이크만 달랑 놓인 무대가 보였다. 그동안 무엇이 어떻게 돌아간 것인지 얼핏 감이 잡혔다. 어느 날 소하와 술 한 잔 나누다 어줍잖게 글 한 줄 지어준 것이 모두가 한 눈에 볼 수 있는 벽에 붙어 있었다.

생은 언제나
전생의 삶을 쏟아 놓고
퇴행성 무릎처럼 서걱이는 것

물 묻은 자기 생의 길 섶을
바람결에 말려가며
하루하루를 헹궈가는 일

한결 밝아진 얼굴로 맞이해 주었다. 사실 소하는 결코 미인도 아니고 어딘가 매력적으로 느껴질 만한 구석은 없는 여자였다. 꽃으로 친다면 변방에 핀 질경이꽃이라고나 할까. 무덤 속에 핑계

없는 망자가 어디 있으랴마는 깔색골이라는 것도 실은 먹고 살아야 한다는 대의명분에 속하는 지극히 상업적인 요소가 다분했다. 술집에서 기피 대상 1호는 누가 뭐라고 해도 진상 손님이었다. 더구나 거친 사내들을 상대하려면 성깔이 있어야 하는 것이고 색골이라는 것도 실은 남자를 탐해서라기보다 일종의 영업이었다.

타인의 삶에 대하여 함부로 패러디의 법칙을 적용한다든가 패러디보다 더 거칠고 자유분방한 벌레스크 따위로 난도질할 수는 없는 법. 그러나 우리는 흔히 그런 우를 범하면서 낄낄거리기 예사 아니던가. 소하의 얼굴에 일정한 깊이와 톤으로 지워지지 않는 우수의 근원일 수도 있었다. 그랬던 소하가 확 달라진 것이었다. 새롭게 피었다기보다는 비 온 뒤의 청명함처럼 어둡던 구석이 모두 밝은 색으로 바뀐 모습이었다.

노래하는 최군도 라이브를 마치고 합석을 했다. 공교롭게도 그날따라 손님이 일찍 끊겼다. 소하는 마침 잘 됐다는 식으로 새 안주를 탁자 위에 놓고는 아예 문을 닫아버렸다. 눈 쌓이는 소리가 유난히 크게 들리는 밤이었다.

자궁처럼 깊고 은밀한 곳에서 맞잡은 손, 공교롭게도 고아와 고아가 만났다. 삶의 형태가 대부분 엇비슷한 면도 있지만 그 형태야말로 다양한 스펙트럼이 있으랴. 세상 빛을 보는 순간 공중화장실에 버려졌던 여자와 먼 친척집 수양아들로 입적이 됐던 남자가 연을 맺었다. 고아로 태어나 삶의 그물코 하나하나에 목숨을 거는 일이 태반이었다. 덧 난 상처에 고름이 흐르고 다시 피가 흘러도 찬바람이 덮치는 고통까지 참아야 했던 날들이었다. 어른이 되어 가는 과정에서 독단과 독선이 무엇인지 모르고 키워졌다. 모든 것을 혼자 결정해야 했으므로 습처럼 자연스럽게 굳어진 것이었다.

세상이 의심스러웠다. 믿고 마음 줄 곳이 없었다. 생에 대한 자포자기로 끊임없이 자아와 초자아가 피 터지게 싸우곤 하였다. 바깥은 늘 경계의 대상이었다. 딱 한 가지 수단뿐이었다. 악착같이 돈 버는 일이었다. 누구를 만나 여느 사람처럼 알콩달콩 살겠다는 꿈도 접었다. 몇 번의 인연이 모두 뼈아픈 상처만 남기고 떠났다. 목숨 붙어있는 한 닥치는 대로 일했다. 성과는 작았지만 그 크기에 비해 실패에 관한 체감 온도는 훨씬 높았다. 그러다 어디 길쯤에 이르러 겨우 먹고 살 수 있었다. 꽃 다운 나이 다 지나간 중년에 이르러서였다. 그러나 가장 무서운 형벌은 그림자처럼 늘 상존해 있는 외로움이었다.

갖가지 비밀이 적힌 흰 종이들이 내리는 것 같았다. 입자가 큰 눈송이들이 폴폴 날리고 서로 부딪혔다. 눈에 비치는 눈은 오히려 고요를 몰고 다녔다. 아늑했고 평화로웠으며 뭔가 아득한 느낌이었다. 최군과 소하가 마주 보는 눈빛에 더는 슬픔이란 존재하지 않을 듯한 희망과 기쁨이 넘쳐났다. 맞잡은 손등이 둘 다 거칠고 시퍼랬다. 일을 많이 한 손에서 흔히 볼 수 있는 붉은색과 퍼런색이 등고선을 그리고 있었다. 그래서 더 굳세 보였다.

느닷없이 주례를 부탁해 왔다. 눈이 펑펑 쏟아지는 날 단 한 명의 하객도 없는 결혼식이었다. 문을 닫고 며칠 신혼여행을 다녀오겠노라며 그들은 그 길로 눈발을 맞으며 떠났다.

엄동의 설한풍이 어느 시점에 이르러 숨을 고르면서 막 해빙기를 맞이할 즈음 너도바람꽃에 간발의 차로 밀렸던 동백꽃이 핏덩이 뚝뚝 떨어뜨리기 시작했다. 바야흐로 봄이 올 조짐이었지만 한동안 발길이 뜸했던 동백섬에 들렀을 때 문이 굳게 닫혀 있었다. 한창 영업할 시간대였는데 닫혀 있다니 뭔가 이상한 느낌이 들었다. 주변 상인들의 말로는 문 닫은 지 이삼일이 지났고 최군은 경찰에 잡혀갔다고 했다. 그런데 살인이라니. 도대체 무슨 일일까? 결혼식을 올리고 들뜬 마음으로 신혼여행을 다녀온 지 얼마나 됐다고 그 새 그런 일이 벌어지다니. 까닭 모를 불안감이 엄습해 왔다. 옆집 건어물상 주인에게 명함을 건네주며 소하더러 꼭 연락 좀 해달라고 부탁을 하곤 할 수 없이 발길을 돌렸다.

삶이란 언제나 치명적인 실수를 유도한다. 굴종과 헌신을 요구하는 현실의 속성과 맞물려 빈틈없는 각을 세워 톱니바퀴처럼 돌아간다. 한 번씩 삐걱거릴 때나 행운이라는 것을 떨군다. 가만히 들여다보면 그 하나의 행운을 줍기 위해 그동안 말도 못 할 굴종과 헌신을 조공했던 것인데 사람들 대부분은 그 한 번의 행운 때문에 모든 생을 감사해하고 감격해한다. 그러나 평생 그런 행운

한 번 만나지 못하는 삶도 있는 법이니 삶이란 얼마나 가혹한 형벌인가.

한 달쯤 지나 연락이 왔다. 주점 동백섬이 아니라 바닷가 포장마차에서였다. 입춘이라고는 하지만 아직 바깥 날씨는 겨울 끝물처럼 냉기가 돌았다. 간편한 옷차림, 가방 하나가 전부였다. 창백한 낯빛으로 마주한 소하는 전체적으로 핼쑥했다. 수면부족인지 토끼 눈알처럼 눈이 빨갰다. 실핏줄에 지진이 일어난 듯했다. 지쳐 있고 야위어 있으며 슬픔으로 가득 차 있었다.

오해가 부른 불상사였다. 삶의 톱니바퀴 하나가 아예 뭉개져 버렸다. 평소 추근대던 선원 하나가 화장실을 나오는 소하 앞을 가로막았고 약간의 실랑이가 벌어지는 사이 성폭행으로 오인한 최군이 불문곡직 둔기로 머리를 내리쳤던 것이다. 즉사였다.

주방 위의 다락방이 신혼방이었다. 그곳에 다락방이 있었다는 사실을 처음 들었다. 다른 세상에 온 것처럼 하루하루가 구름 위를 떠다니는 것 같았다. 땅 안의 따뜻한 온기가 밀어 올린 생명의 무의식처럼, 삶에서 다 토해내지 못했던 뜨거운 고백처럼 맹렬하면서도 꿈결 같은 신혼이었다. 맨발로 융단 위를 걷던 현실이 깨진 것이다. 주점은 밤마다 악령들이 떠도는 공간 같았다. 머리가 터져 피를 흘린 채 쓰러졌던 시체가 주방이고 홀이고 다락과 화장실 근처에서 자주 눈에 띄었다. 무서웠다.

너무 무서워서 있을 수가 없노라고 최군에게 고백했다. 최군은 어차피 살인죄로 장기수가 되거나 사형을 당할 수도 있으니 깨끗하게 모두 잊고 떠나라는 말을 했다. 어쩌면 그래야만 할지 모른다는 슬픔과 이런 상황까지 몰고 온 삶이 너무 슬퍼 하루 종일 울기만 하였다. 주점을 넘기고 한 달여를 고민하던 소하는 당분간만이라는 말을 남기고 최군과 작별을 고했다. 이 모두가 두어 달 사이에 일어난 일들이었다.

어차피 어디든 돌아갈 곳은 없었다. 그러나 정차하지 않는 역처럼 어디로든 가야 했다. 매 순간 새로 태어나는 것은 없지 싶었다. 핏빛으로 지진이 난 눈동자에 눈물이 가득 고였다. 그렇게 울고도 눈물이 나올 수 있을까 싶었다. 결코 이쁘다고 할 수 없는 날카로운 눈매로 흘낏흘낏 바라보며 흘리는 눈물이 가슴을 더 후벼 팠다. 뾰족한 턱밑으로 흐르는 눈물을 그 푸르뎅뎅한 손등으로 닦아 올리는 모습에 가슴이 미어졌다. 차라리 펑펑 소리 내어 울기라도 하지 처음부터 끝까지 소리 없이 울어서 너무 아팠다. 행복했던 시간을 떠올리며 울음과 미소가 섞인 얼굴로 말할 때에는 현기증이 날 정도로 불쌍해 보였다. 명치끝이 콕콕 쑤셨다.

한참을 힘껏 안아주었다. 허리를 반쯤 굽혀 작별인사를 했다. 겨울도 봄도 아닌 모호한 계절에 이것도 저것도 아닌 결론을 안고 막연한 곳으로 떠나는 소하의 모습이 그녀의 머플러처럼 펄럭였다. 째진 눈으로 한 번씩 뒤로 흘낏 돌아볼 때마다 그녀의 시선과 부딪히는 모든 사물들이 자신의 눈물방울로 찌그러지는 잔상으로 남았으리라. 이 도시에서 마지막 남은 동백꽃 하나가 헐벗은 가지 끝에서 버티고 버티다 끝내 툭 떨어지는 느낌이었다.

삶이란 얼어붙지 않기 위해 지속적으로 눈물이 필요한 것인지도 모른다.

빛나는 일등병

연탄싸움

늘 윗동네 아랫동네 싸움이었다. 병력의 연령대는 대부분 저학년 초등생이거나 미취학 아동이고 대빵은 고학년 초등생이 일반적이었다. 대충 부대가 형성되면 누가 가르쳐준 것도 아닌데 아이들은 자동으로 군인처럼 행동하고 경어를 썼다. 군기도 제법 세서 대빵의 명령에 항명 따위는 죽었다 깨나도 없었다. 머리에 버짐이 났다고 별명이 땜빵이든 만날 이부자리에 지도를 그려서 별명이 오줌싸개든 그때 만큼은 계급에 따라 척척 거수경례를 붙이며 진짜 상관 대하듯 했다. 전쟁 선포는 그 전날쯤 윗동네 대빵과 아랫동네 대빵과의 약속으로 이뤄지고 장소는 항상 뒷동산이었다.

당시에 유행하던 딱지가 있었다. 신문지, 시멘트 종이, 공책, 급하면 책까지 찢어서 만들었던 딱지와는 게임 방식이 완전히 달랐다. 전자는 노동과 기술이 따르지만 후자는 오직 운에 맡기는 수밖에 없는 지극히 간단한 방식의 오늘날 카드 게임 같은 것이었다. 공장에서 찍어내는 그 딱지는 조잡한 도안이었지만 그 시대에는 드물게 접하는 이도 칼라였다. 더불어 룰이 있었다. 힘을 발휘하는 계급은 헌병, 원수, 대통령이었다. 걸리면 무조건 항복해야 하는 계급장, 그러나 대통령과도 맞먹는 계급이 있었으니 그게 바로 빛나는 일등병이라는 딱지였다.

군사정권 시절의 사회적 분위기가 고스란히 반영된 게임이었다. 딱지 자체가 모두 군대 계급으로 일관된 것과 그 가운데 가장 밑바닥에 해당하는 일등병을 내세워 대통령과 맞먹는 힘을 부여한 것은 당시 사회 저변에 깔려있던 민심을 그대로 투영한 것이라고 보였다. 어떻든 그 빛나는 일등병은 오늘날의 슈퍼맨이나 다름없는 존재였다.

아이들은 연탄재로 성벽을 쌓았다. 먼발치의 적지가 조금씩 구축되어가는 속도에 맞춰 앞서거니 뒤서거니 옹벽을 쌓았다. 재료는 모두 연탄재였다. 겨울에는 눈을 섞어 쌓는 덕분에 훨씬 단단한 벽을 쌓을 수 있었다. 군의 진지처럼, 보통은 머리를 숙이면 몸을 숨길만한 높이였다. 가운데 구멍을 내 적의 동태를 살피는 섬세함도 있었다.

탄약 역시 연탄재였다. 십구 공탄을 잘게 부순 총알, 반쯤 쪼갠 수류탄, 온 통짜리 폭탄, 사십구 공탄 원자폭탄, 등등이었다. 사십구 공탄은 구하기도 힘들었지만 그 한 방이면 성벽 한쪽을 무너뜨리거나 누군가 부상당하는 것쯤은 유도 아니었다. 맞아본 아이들은 그 위력이 어떤지 몸소 겪어봤기에 사십구 공탄을 들고 누가 나타나면 도망가기에 바빴다.

언제나 그랬듯 대빵은 일단 빛나는 일등병을 선임할 권리와 책임이 있었다. 일등병은 임무가 막중했다. 누구보다 전투적이어야 하고 어떤 희생을 무릅쓰고라도 앞장서서 적군을 물리쳐야 하며 때로는 혼자 적진에 뛰어들어가 성벽을 부서야 하는 그야말로 딱지 속의 빛나는 일등병이어야 했다. 이때쯤 아이들은 거의 딴청을 피우거나 이미 구축된 성벽을 꼼꼼하게 살피는 척 조금 떨어져 있기도 했다. 그 광경에 심히 한심하다는 표정을 짓던 대빵이 나와 눈이 마주치는 순간, 나는 마치 감기약에 취한 것처럼 몽롱한 정신으로 나도 모르게 손을 번쩍 들었다. 이렇거나 저렇거나 남들이 볼 땐 아주 씩씩하게 자원하는 모양새였다. 대빵은 아주 흡족해하였다.

곧이어 전투를 시작하자는 수신호를 주고 받았다. 탄약고에 연탄재는 충분했다. 적 진지까지 연탄을 던지기엔 너무 먼 거리라 진지 사수를 위해 몇 명을 남겨 놓고 나머지 병사들은 두 조로 나뉘어 우회를 시도하였다. 밋밋한 들판이 아니기에 은폐와 엄폐를 위한 골들이 많았다. 대빵의 명령이 떨어졌다. 적들도 분명히 좌우로 나뉘어 올 터이니 너는 가운데로 몰래 침투하라는 임무였다.

패배를 인정하는 것은 몇 가지 경우가 발생할 때인데 가령, 대빵 생포, 진지 포위, 탄약 없음, 부상 발생, 성벽 일부가 무너졌을 때였다. 성벽은 몇 번 발로 차면 쉽게 무너졌다. 눈과 쌓는 이유가 여기에 있었다. 눈의 접착력으로 그냥 쌓는 것보다 훨씬 견고하기 때문이었다.

기었다. 낮은 포복 자세를 배운 바는 없으나 본능적으로 나는 그 자세를 취하고 그 먼 거리를 기어가기로 했다. 오직 성벽만 부수면 된다는 일념으로 기고 또 기었다. 무기라고는 양쪽 주머니에 넣은 연탄재 몇 개가 전부였다. 눈 속은 금방 발이 시렸고 손은 감각이 아릿했다. 눈에 안 띄게 아주 느릿느릿한 속도로 기었다. 싸움이 붙었는지 아이들 함성 소리와 우는 소리가 들려왔다. 밀리고 쫓기는 듯한 느낌이 들어도 고개를 들 수가 없으니 어느 편이 밀리는지 대충 목소리로 판단할 수밖에 없었다. 엉엉 울면서 "씨이, 이런 게 어딨어?"라며 항변하는 오줌싸개 목소리를 들으니 아무래도 우리 편이 밀리는 것 같았다.

때는 이 때라고 생각했다. 쫓아가는 병력이 많아질수록 본진의 병력은 적어지기 마련이었다. 옷이 젖기 시작했다. 몹시 추웠지만 이를 악물고 성벽 가까이 다가갔다. 의외로 적 진지는 조용했다. 나의 침투는 성공했고 벌떡 일어나서 성벽만 발로 차 부셔버리면 승리는 곧 우리 것이었다, 라는 생각으로 벌떡 일어서려는 순간, 어디선가 사십구 공탄이 내 머리를 강타함과 동시에 빗발치듯 수

류탄이 쏟아졌다. 그러니까 적 진지에서 곡사포처럼 발사한 원자 폭탄 하나가 정확하게 포물선을 그리며 내 머리통을 정통으로 맞춘 것이었다. 일어서겠다는 순간이었으니 사실 난 엎드려 있는 셈이었는데 그 위로 총알, 수류탄, 폭탄, 원자폭탄까지 수십 발이 떨어진 거였다. 기절이라는 것이 무엇인지 그 어린 나이에 나는 참 일찍이도 경험했던 것이다. 내 인생의 모진 풍파가 그때부터 시작된 것이 아닌가 싶을 정도였다.

정신을 차리고 보니 윗동네 아랫동네 아이들이 모두 나를 살펴보고 있었다. 우리는 깨끗하게 지고 말았다. 우리의 성벽은 처참하게 무너져 있었고 포로가 절반이 넘었기에 대빵이 항복을 선언했다는 것이었다. 더구나 기절까지 한 빛나는 일등병 때문에 요즘 아이들 말로 있는 쪽 없는 쪽 다 팔렸다고 투덜거리며 이번 패인의 결정적 원인은 마치 나 때문이라는 투였다.

이에 은근 부아가 치민 나는 내일 칼싸움으로 한 번 더 붙으면 어떻겠냐는 제안을 했다. 윗동네 아랫동네 할 것 없이 아이들 눈이 모두 반짝 빛났다. 두어 명을 제외하곤 다들 좋다는 눈치였다. 장소는 동일했고 전쟁을 끝내는 방식 또한 동일하였다.

칼싸움

평소 노을이 저물 때까지 벌이던 전쟁놀이가 일찍 승패를 본 탓에 아이들은 모두 하산을 했다. 골목에 모여 대빵의 지시대로 움직였다. 먼저 칼을 만드는 작업이었는데 대빵 고집이 여간 아니었다. 칼은 칼다워야 한다며 칼집까지 만들라는 지시였다. 그러니까 예전에 우리가 패했던 원인 중의 하나가 칼이 칼답지 않아서였다는 궤변까지 늘어놓곤 판자로 된 땜빵네 담 한 장을 뜯어오라는 명령을 내렸다. 웃기게도 그 선두에 땜빵 녀석이 앞장섰다. 자기네 집이니 어느 쪽 담장이 허술하다는 것을 잘 알기 때문이었다. 땜빵네 부모가 없는 틈을 타 판자 한 장이 우두득 뜯겨나갔다.

칼의 길이는 약간 제멋대로였지만 대빵 칼을 조금 길게 나머지는 모두 비슷한 길이로 만들었다. 톱과 사포질로 칼 모양을 다듬었더니 제법 그럴듯했다. 사실 칼집을 만드는 것은 너무 어려웠다. 고민하다 떠오른 것이 미군 피엑스에서 나온 박스였다. 대빵 아버지가 미군부대를 들락거리는 사람이었던 터라 박스는 얼마든지 구할 수 있었다. 대빵 말로는 계급장 없이 그냥 높은 사람이라고 했는데 동네 어른들 말로는 하우스 보이라고 했다. 하우스 보이가 무슨 일을 하는지는 몰라도 아무튼 대빵 아버지니까 우리는 당연히 높은 사람이라고 여길뿐이었다.

판자가 모자라 다는 만들지 못했다. 결국 절반 정도만 폼나는 칼과 칼집을 지급받았고 나머지는 알아서 준비해 오라는 명령이 내려졌다. 내일 전투에 빛나는 일등병을 맡은 병사는 역시 또 나였다. 연탄싸움과 달리 칼싸움은 아주 위험했고 평소 뜀박질 잘한다는 이유로 나는 또 지목당해야 했다. 나는 굳은 각오를 다짐하고 또 다짐하였다. 내일은 진짜로 빛나는 일등병이 되겠노라고.

하나같이 참 가관이었다. 어디서 주워 들었는지 죄다 망토를 걸치고 나타났다. 얼핏 보아선 저쪽 동네 아이들도 별반 다르지는 않았다. 방패랍시고 그 무거운 솥뚜껑을 들고온 놈, 갑옷이라며 몸통에 박스를 두른 놈, 칼은 칼인데 혼자 감당하기도 버거울 기둥 비슷한 것을 들고 온 놈은 칼이 아니라 창이라고 우겼다. 창이라고 하기엔 너무 두껍고 칼이라고 하기엔 너무나 긴, 아무튼 애매모호한 무기였다. 과연 저걸 제대로 한 번 휘두르기나 할는지 의문이었다. 망토도 각양각색이었다. 대부분 집에서 쓰던 보자기가 주였지만 나는 모포였고 대빵은 천막을 찢어 둘렀는데 압권은 오줌싸개였다. 늘 지도를 그리는 자기 이불 홑청이었다. 등고선이 어지럽게 마구 그려진 홑청이었다. 느낌상, 오늘 전투도 조짐이 영 찝찝했다.

신호와 동시에 싸움이 시작되었다. 세 패로 나뉘어 적진을 향했다. 어느 쪽이든 무조건 연탄으로 쌓은 본진을 먼저 부수거나 적 대빵만 잡으면 끝나는 게임이었다. 저쪽은 우리가 늘 두려워 하는 존재가 있었다. 하나는 여포, 하나는 장비에 가까운 아주 무식한 놈 둘이 버티고 있었는데 승패는 거의 그 두 놈들 때문에 갈리는 편이었다. 그러니까 내 임무는 어떻하든 그 두 놈을 이겨야 하는 것이었지만 힘으로나 배짱으로나 내가 이길 여력은 단 한 가지도 없었다.

용장, 지장, 덕장이 있다면 그놈들은 당연 용장이었다. 어린 나이에 그 정도 분별력이 있을 리 만무했지만 나는 밤새 고민을 하다가 한 가지 묘안이 떠올랐고 그 묘안을 실행하기 일보 직전이었다. 힘이나 배짱이 없으면 당연히 머리로 상대하면 된다는 것을 또 일찍이 깨달았던 것이었다. 아~! 아무리 생각해봐도 나는 어릴 때부터 너무 총명했던 것 같았다.

우선 선두에 서서 마구 설치는 여포부터 때려잡아야 했다. 마침 우리가 밀리던 차에 여태껏 고함만 지르고 칼을 뽑지 않았던 나는 분연히 칼을 뽑아 들었다. 그리고 여포와 맞서 초식 딱 한 번 펼쳤을 때 여포는 내 칼에서 튀어나오는 이물질에 혼비백산을 하였다. 단 한 번의 초식이었지만 그 이물질은 여포의 얼굴과 옷에 마구 튀었다. 옆에서 칼을 휘두르던 장비와 그의 졸개들은 모두 멈칫거렸고 하나 같이 눈알이 돌출되었다. 그런 멈칫거림과 표정은 우리 편 아이들도 마찬가지였다. 동작을 멈추곤 모두 내 칼을 주시했다.

똥이었다. 그 이물질은 내 칼끝과 몸통에 아주 진득하게 묻혀있던 똥이었다. 그 똥 칼 앞에 그 누구도 선뜻 나서는 놈은 단 한 명도 없었다. 여포와 장비를 쫓아버리고 졸개들을 물리쳤다. 내가 쫓아가면 심지어 무섭다고 엉엉 우는 아이도 있었다. 대빵과 우리 병사들은 오직 내 뒤만 졸졸 따라다녔다. 사실 그것은 칼싸움이 아니라 똥 뿌리기였다. 똥 탄알도 얼마든지 있었다. 칼집에 미리 반쯤 채워놨기에 탄알이 떨어질만하면 얼른 칼집에 칼을 꽂았다 빼기만 하면 되는 거였다. 고로, 나는 거칠 것이 없었다. 그 여세를 몰아 적진까지 돌격한 우리는 똥 칼 앞에서 절절매는 대빵을 포로로 잡았고 성벽을 단숨에 무너뜨렸다. 적장의 박스 갑옷은 온통 피 투성 아니, 똥 투성이었다.

저물지 않은 노을 속에 눈이 내렸다. 신기했다. 마른하늘에 소나기가 내리면 호랑이 장가간다는 말은 들었지만 노을이 있는데 눈이 내리면 뭐라고 해야 하는 것인지는 알 수가 없었다. 나는 마치 무슨 경건한 의식을 거행하는 기사처럼 칼을 높이 들었다. 빛나는 일등병의 똥 칼을.

그 오랜 군사정권 시절을 우리는 계급장과 똥 칼 앞에 주눅이 든 채 살아야 했다.

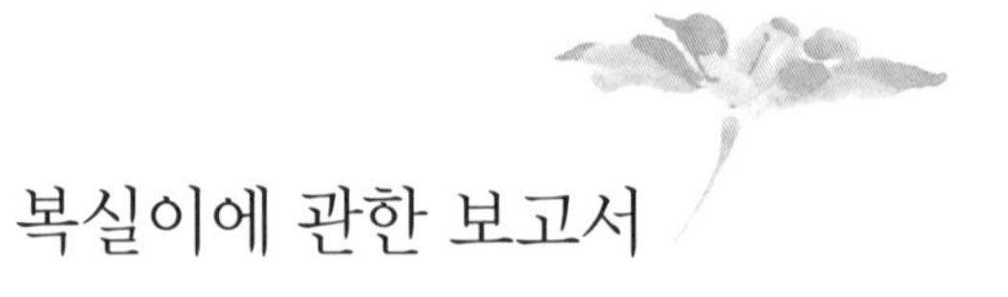

복실이에 관한 보고서

조금은 성성한 듯하지만 쉴 새 없이 교감을 이뤄가며 제 각각의 기억들을 안고 내리는 가을비, 동시에 휴게소 은행나무에서 사연 하나씩 품고 떨어지는 몇 잎의 발자국들을 보았다. 가을은 확실히 추락하는 것 투성이었다. 바람에 파르르 떨리다 몇 방울인지 모를, 몇 방울의 비를 맞고 떨어지는 은행나무잎을 보며 추락하는 것들이 내게서 데려갈 것들을 생각해 보았다. 기억의 포자는 망각의 나루터에 다다르지 않는 한 추억이라는 이름으로 항상 대물림하는 하는 것이 아닐까 싶었다. 그 추억이 나를 데려갈 것은 문득 세월뿐이라는 생각과 함께.

따끈한 커피 한 잔 생각에 시동을 끄고 차에서 내리려는 순간,

앞 차 뒷문이 살짝 열리더니 흰 물건 하나가 땅에 툭 떨어졌다. 물건을 내려놓는 손에서 빨간 매니큐어가 유독 시선을 끌었다. 흰 물건은 강아지였다. 차는 휴게소를 가로질러 냅다 달렸다. 강아지가 죽어라고 쫓아갔다. 버리는 걸까. 요즘 뉴스로 심심치 않게 접하던 바로 그 광경이었고 목격자가 되는 순간이었다. 고속도로 진입로까지 달려가는 강아지 모습이 점점 굵어지는 빗방울에 섞여 빠르게 지워졌다. 커피를 홀짝거리며 따끈함과 커피의 순기능을 만끽하는 내내 마음은 께름칙했다. 짐작이 거의 맞겠지만, 진짜 유기라면 가만 두고 싶지 않았다.

털투성이 몸으로 비를 흠뻑 맞고 죽을힘을 다해 달려가던 강아지의 잔상이 자꾸 아른거렸다. 흡연장소에서 담배 한 대 피우고 있는 사이 고속도로 진입로에서 다시 돌아오는 강아지 모습이 얼핏 시야에 잡혔다. 살아있는 인형이었다. 보폭이 짧아 전체적인 몸짓이 쫄랑거리는 느낌이지만, 강아지는 오다 말다를 반복할 때마다 주인의 차가 사라진 쪽을 자꾸 바라보았다. 더러는 멈칫 서서 한참 시선을 고정시키기도 했다. 사람들은 무심했고 차량들은 바빴다.

어떤 장소에서 어떤 인연을 만나느냐에 따라 운명의 등식이 바뀐다는 것은 결국 동물이든 인간이든 다를 바 없었다. 나는 하필 비 오는 날 무작정 차를 몰고 나왔을까. 그날따라 나는 하필 거가대교를 타려고 했을까. 나는 하필 그때쯤 커피 생각이 났을까. 강아지 주인은 하필 그날 유기를 감행했을까. 그것도 하필 내 차 앞에서.... 복실이는 그렇게 만났다.

비를 흠뻑 맞으며 휴게소 귀퉁이에 있다가도 사라진 주인 차종과 비슷한 차를 보면 그 즉시 멍멍 짖으며 후다닥 따라가기를 몇 번, 복실이는 그럴 때마다 그 먼 고속도로 진입로까지 다녀오곤 했다. 혀를 길게 내밀며 학학대는 꼴이 몹시 지쳐가는 느낌이었지만 시선은 꼿꼿한 느낌이었다.

물과 소시지 하나를 먹였다. 몸은 계속 떨고 있었다. 경계심은 없었지만 시선은 나와 휴게소 내의 검정색 차종들을 주시하느라 바쁘게 움직였다. 빗방울이 타고 흐르는 털 사이로 반짝 빛나는 까만 눈동자, 그렇게 애처롭고 슬프고 예쁜 눈동자를 본 적이 없는 것 같았다. 불문곡직 차에 태웠다.

"폴리(Puli)와 털이 긴 헝가리 양치기 개를 교배하여 번식시킨 견종으로서 '발레 시프 도그(Valee Sheep dog) 또는 베르주 폴로네 드 발레(Berge Polonais de Vallee)'라고도 부른다."

복실이 외형만 보고 견종에 관한 인터넷에서의 검색 결과였다. 옛 시절 동네 어른들이 흔하게 부르던 워리와 도꾸가 생각났다. 견종을 알아보고 거기에 어울릴만한 이름을 짓겠다며 인문학적 부산을 떠는 내게 아내는 아주 지극히 간단한 어조로 "복실이라고 하면 되겠네요. 뭐." 했다. 우리는 더러 너무 복잡해서 탈이거나 너무 간단해서 탈일 때가 있다. 아니 생각해 보면 일이 복잡하거나 간단한 게 아니라 생각이 복잡하거나 간단한 거였다. 복실이, 지극히 명료하고 간단했다. 사람 손에 길들여진 탓인지 우리와의 유대 속도는 의외로 빨랐다. 아내와 단둘이 생활하는 공간에 움직이는 생명체 하나 더 늘어난 것뿐인데 지인들로부터 귀곡산장이라고 놀릴 만큼 고요한 공간에 묘한 활기가 움텄다.

차 소리가 나면 가끔 창밖을 한참 내다보는 버릇을 제외한다면 복실이는 방 안에서 기르는 견공들의 특성을 고스란히 지니고 있었다. 마치 말귀를 알아듣는 듯한 갸우뚱거림, 야단을 치면 한참 뭔가를 생각하는 듯한 고개 숙임, 기가 막히게 대소변을 가리는 영리함, 단 몇 시간을 떨어져 있다 만나도 격해진 마음을 주체하지 못하고 온 방안을 뛰어다니는 그 호들갑, 침으로 범벅된 혀로 온 얼굴을 핥는 진한 애정공세는 물론이고 어느 땐 격해진 감정을 추스리지 못해 오줌까지 누곤 하였다. 기타를 치며 내가 노래를 부를 양이면 고개를 쳐들곤 곧장 늑대 울음소리를 내며 따라 불렀다. 노래를 멈추면 바로 멈추고 다시 부르면 또 따라 불렀다. 미워하고 싶어도 미워할 건덕지가 없는 생명이었다.

개에 관한 정보가 부족했던 나는 인터넷을 열심히 뒤지곤 했다. 병원, 먹거리, 장난감, 숙지사항 등등, 갑자기 일상의 한 부분이 뭉텅 날아간 느낌이었지만, 게으르기 이를 데 없는 나 자신이 신통할 정도로 바지런을 떨었다.

가끔 복실이를 차에 태우고 바다로 가거나 일상 중에 함께 할 수 있는 공간이면 어디든 데리고 다녔다. 잠자는 시간이면 꼭 내 배 위에서 잠을 청하곤 했다. 하루 한 번씩 뒷산을 오르내리며 둘이 헥헥거렸다. 한 번은 덩치 큰 개가 우리 앞을 막았을 때 복실이는 겁을 먹고 뒷걸음치는 것이 아니라 철저하게 내 앞을 가로막고 짖어댔다. 큰 개가 가소롭다는 듯이 내 옆을 지나칠 때 복실이는 큰 개의 동선을 따라 역시 내 옆을 가로막곤 허연 이빨을 드러냈다. 큰 개 주인과 나는 슬며시 웃음이 나왔지만 마음 한쪽은 울컥했다. 개의 본성이랄까. 주인을 보호하겠다는 충직한 적의가 드러나는 순간이었다. 대견한 아이를 쓰다듬듯이 머리를 쓰다듬으며 꼭 안아주었다. 겁을 먹었었는지 복실이 심장은 몹시 쿵쾅거렸다. 그 많은 차량의 소음 가운데 내 차 소리를 어떻게 분간하는지 주차를 하는 순간부터 짖어대는 복실이.... 애절함이 섞인 낑낑댐, 금방이라도 눈물을 뚝뚝 흘릴 것만 같은 소리였다. 언제나 그랬다.

다시 가을이 왔다.

널어둔 옷 빨랫줄 놓치듯 그러쥔 손 힘 빠져 날아가는 잎사귀들, 들녘의 숲과 도시의 가로수들이 그랬다. 복실이가 가족이 된 지 꼭 1년째 되는 달이기도 했다. 1년 사이 중량은 더 나갔지만 체격은 비슷했다. 콧잔등에 윤기가 흐르고 전체적인 비주얼은 똘망똘망 초롱초롱했다. 가끔 책꽂이 칸에 앉혀 놓곤 사진을 찍었는데 정물처럼 앉아 있을 땐 영락없는 장난감 인형이었다. 식탐은 없어도 먹성이 좋아 무엇이든 잘 먹었다. 한 마디로 개팔자 상팔자였던 것이다.

그러나 한 가지 버리지 못한 버릇이 있었다. 아주 가끔, 검은색 대형 승용차를 보면 넋을 잃고 바라보는 버릇이었다. 때로는 창문 밖을 내려다보며 앞집에 주차된 검은색 승용차를 미동도 않고 바라보기만 했다. 털 사이로 반짝이는 눈동자에 물기가 배어 있는 것 같았다. 착각이겠지만 그럴 때마다 나는 다 안다는 듯한 투로 머리를 쓰다듬어 주곤 하였다. 복실이는 아직도 옛 주인을 잊지 못하고 있는 것일까. 아직도 옛 주인이 나를 찾아올 거라는 희망을 품고 있는 것은 아닐까. 그럴지도 몰랐다. 지금의 환경과 주인이 좋기는 하지만, 옛 주인에 대한 그리움은 결코 떨쳐버릴 수 없는 체취일지 몰랐다. 그럴 때마다 기분이 묘했다. 마치 내가 생모가 아닌 계모 같다는 느낌이 들곤 하였다. 동물에게서 이런 감정을 느낄 수 있다는 것도 신기한 노릇이었다.

복실이가 조금 이상해지기 시작한 것은 가을이 좀 더 탈색되어 갈 때였다. 방바닥 한 곳을 응시한 채 한참을 엎드려 있거나 차량이 주차된 골목을 하염없이 내려다보거나 먹성 좋던 입맛도 표 나게 줄어들었다. 외출하고 돌아왔을 때 반가워하기는 해도 예전처럼 꼬리를 흔들며 뛰어오르지도 않고 카랑카랑했던 목소리는 나오지 않았다. 하나가 못 미더워 두 군데 병원을 갔지만, 진료 결과는 이상 무였다. 동물도 계절을 탈 수 있다는 것과 무엇인가 심리적 변화가 있을 수 있다는 소견이 전부였다. 심리적 변화라....지금까지 복실이가 견고하게 구축하고 있던 일상의 패턴에 변화가 일어날 만큼 커다란 스트레스라도 있었던 것인지 의문이 들었지만, 한 번쯤 짚어볼 만한 의문이었다. 더러 창밖을 내다보며 낑낑 앓는 소리를 내거나 발톱으로 창문을 박박 긁던 행동이 문득 떠올랐다. 간절히 무엇인가를 원할 때 나타나는 행동 양식이었다. 무엇을 보았을까.

계절의 골이 깊어가듯 복실이의 무엇도 점점 깊어가는 듯했다. 먹은 것을 토하거나 아무 곳에서나 대소변을 보았다. 매일 장사를 나가는 아내는 항상 부재중인 터라 복실이의 양육을 고스란히 떠안고 있는 나로선 외출마저 용이한 편이 아니었지만, 일이 끝나기 무섭게 집으로 돌아오기 바빴다. 그러나 예전 같지 않게 늘 불안했다. 훈련 덕분에 내가 돌아올 때까지 집 안에서 혼자 잘 노는 아이였는데 외출 시 마치 가스레인지를 켜 놓고 나온 것처럼 복실이에 대한 불안감을 떨칠 수가 없었다. 더러 증상이 호전되는 듯하다가도 발작을 일으키듯 창밖을 내다보며 발톱으로 유리창을 마구 긁어댔다. 그러한 행동 양식은 앞집 검은색 승용차 엔진 소리에 유독 민감한 반응을 보일 때였다. 그 증상은 날이 갈수록 빈번해지고 심했다.

첫눈이 내렸다.

모처럼 아내도 쉬는 날이라 영화 한 편을 관람하고 왔다. 잠시 복실이를 맡겼던 담배가게로 갔다. 평소 우리 못지않게 복실이를 이뻐하던 여자였다. 담배가게는 우리 집 골목 초입이었다. 그러나 어찌 된 영문인지 주인장도 복실이도 보이지 않고 가게문이 열린 채 아무도 없었다. 잠시 기다려봤지만 나타나지 않았다. 무슨 일일까. 이렇게 장시간 가게를 비워둘 리 없을 텐데.... 갑자기 묘한 불안감이 엄습해 왔다. 일단 집으로 가자는 아내 말에 이끌려 중간쯤 꺾인 골목으로 접어들었을 때 몇몇 사람들이 앞집 차 주변에 모여 수런대는 광경이 얼핏 눈에 들어왔다. 갑자기 마음이 다급해지고 걸음이 빨라졌다. 아내도 뭔가 모를 비슷한 느낌이 들었는지 잰걸음으로 움직였다.

이해할 수 없었다. 아니 이해하고 싶지 않았다. 선혈이 낭자한 눈 바닥과 뒷바퀴에 묻은 혈흔, 반쯤 넋 나간 표정으로 복실이를 끌어안고 있는 여자, 하체가 으스러지고 배가 찢긴 채 복실이는 그 큰 눈을 반쯤 뜨고 죽어 있었다. 비명에 가까운 아내의 울음소리가 골목을 울렸다. 죽다니.... 다시 생각해도 이해할 수 없었다. 아니 다시 생각해도 이해하고 싶지 않았다.

줄곧 의문점으로 남았던 앞집 검은색 승용차의 정체가 파악된 뒤에 다가온 충격은 이루 말할 수가 없었다. 목격자와 차주의 이야기를 들어본 결과였다.

담배가게 주인장이 손님을 받는 사이 복실이는 가게를 빠져나온다. 귀소본능대로 집을 향하던 복실이는 평소 예민한 반응을 보이던 차 뒤에서 몇 번 짓다가 낑낑 소리를 내며 그 자리에 주저앉는다. 마침 후진을 하던 차는 미처 복실이를 발견하지 못하고 그대로 밀어버린다.

이게 골자였다. 의문점은, 평소 복실이가 유독 그 차에 왜 그토록 집착을 보이는가에 있었다. 그러나 나는 그날로 그 의문점을 풀 수 있었다. 작년 가을, 복실이를 유기하고 쏜살같이 달아나던 검은색 승용차를 조심스레 상기해 보았다. 앞집 차종과 동일했지만 그날 빗물에 젖은 앞유리 때문에 차량 번호 식별은 어려웠어도 어렴풋이나마 투 톤 칼라 승용차라는 것이 희미하게 떠올랐다. 앞집 차도 동일한 차종에 동일한 투 톤 칼라였던 것이다. 까닭 모를 소름이 온몸을 싸고돌았다. 머리가 쭈뼛해진 나는 차주에게 물었다.

"혹시, 이 차 작년 가을 거가대교 휴게소에 들른 적 없어요?"

"은지예. 작년엔 지가 이 차 안 몰았고예. 올여름에 중고로 샀씸더."

갑자기 눈물이 핑 돌았다. 그랬던 것이다. 복실이는 인간보다 몇 배나 뛰어난 동물적 감각으로 앞집 차가 자기 옛 주인의 차라는 것을 알고 있었던 것이다. 내 차 엔진 소리를 구분할 정도로 예민한 그 감각은 인간의 지각 능력보다 몇 배나 강력한 탐지기나 다름 없었다. 유기를 당하고도 구조를 받았으니 천만다행한 일이었지만 복실이가 안고 있던 생의 꼭짓점은 무슨 마법에 걸려 억지로 삶을 마감하는 것 같았다. 자기를 버리고 도망간 옛 주인의 차에 목숨을 잃다니 세상에 이런 허구가 또 어디 있을까 싶었다.

밤새도록 복실이 얼굴이 머리에 맴돌 때마다 나는 온몸이 욱신거렸다. 마치 편두통을 앓는 것처럼 뒷골이 당기고 속이 메슥거렸다. 왜 진작 눈치채지 못했을까, 라는 자괴감에 빠질 땐 명치까지 마구 아려왔다. 온몸이 으스러진 채 널브러져 있던 광경이 자꾸 떠올랐다. 가뜩이나 내향성인 아내는 아예 말문을 닫고 있었다. 아내와 나는 사람이 죽은 것과 너무나 동일한 슬픔에 휩싸여갔다. 아니 어쩌면 더 클지도 몰랐다. 죽음에 대한 생물학적 슬픔보다는 언어 소통이 안 되는 동물이었음에도 하나의 생명체가 남기고 간 육감적 언어의 슬픔이 더 무겁게 가슴을 짓누르기 때문이었다.

평소 덮고 자던 담요로 복실이 몸을 감싸주었다. 극장을 다녀오면서 구입했던 빨간색 상의와 노랑 모자, 혼자 집을 지키고 있을 때 어쩔 수 없이 친구처럼 지냈을 장난감 갈비뼈와 작은 공, 아내와 복실이랑 나와 셋이 찍은 사진 한 장을 박스 안에 넣어주었다. 장난감 갈비뼈엔 복실이 이빨 자국이 마치 도마에 새겨진 칼자국처럼 수없이 긁혀 있었다. 짧은 글 한 장 써서 담요 위에 얹어놓았다.

"믿고 싶지 않은 삶
오래 슬픔에 겨워
헝겊 쪼가리 같은 마음
들여다보는 일로
여기 짧은 생 주유하다"

복실이는 이튿날 뒷산에 묻혔다.

3부 /

아무도 오지 않는 숲

당신의 막

혈기가 왕성할 때에는 누구나 한 번쯤 세상을 가슴에 품는다. 그러나 세월이 흘러 중년쯤에 이르면 세상이 나를 품고 있다는 사실을 문득 깨닫게 된다. 그 깨달음도 잠시다. 생의 8부 능선쯤에 다다르면 세상과 삶에 대한 빈 허(虛)를 느끼게 될 것이다. 염세와는 판이하게 다른 무공(無孔)이다. 어떤 색깔로든 한 生을 주유하다 누구든 빈손으로 가야 하는 이유가 거기에 있다.

그리하여 너무 억울해할 필요 없다. 태어날 때 손에 닿았던 것은 오로지 부모와의 인연뿐이다. 형제는 그 인연의 잉여다. 사회적 친분도 인연의 잉여다. 잉여의 기반에서 축적된 물질이나 권세, 명예도 결국은 다시 사회로 돌아갈 잉여다. 그 잉여에 잠시 목숨 걸고 살다가 우리는 결국 빈손으로 간다. 우리가 빈손으로 갈지라도 다음 生을 기약할 수 있는 유일한 통로 역시 인연일 것이다. 따라서 현재의 내가 어떻든 너무 억울해할 필요 없다.

그러므로 현재 진행되고 있는 불행이나 행복에 대해서 너무 좌절하거나 마냥 즐거워하지 마라. 그것은 단지 내 생의 제1막에 전개된 기승전결에 지나지 않는다. 당신의 제2막이 어떻게 시작될지는 아무도 모른다.

햄릿형의 굴레

흡연과 치석으로 퍼렇게 부식된 잇몸을 감추려고 웃을 때마다 입 옹 다무는 꼴이지만, 막돼먹은 인성이 슬쩍 우수의 가면을 쓰고 따뜻한 촛불 인양 다가와도 그 속에 진한 페이소스가 담겨 있으면 나는 눈부터 질끈 감고 받아들인다. 운명의 대의가 어떻든 인연이란 전생으로부터 하달받는 명령이라고 생각하기 때문이다. 그리하여 사람을 대할 때마다 나는 매번 최선은 아닐지라도 거의 최선과 차선을 오락가락하며 비지땀을 흘리곤 한다.

그것은 흘러가는 세월에 대한 겸손과 각질 같은 나이테가 하나씩 늘어나는 것에 대한 예의라고 생각하기 때문이다. 하지만 그것이 겸손이든 예의든 세월과 나이는 우리에게 얼마나 많은 헌신과 굴종을 요구하는가. 그래서 가끔은 투르게네프가 얘기한 인간의 두 가지 성격 가운데 비록 돈키호테形이야 아니 될지라도 햄릿形의 굴레에서 벗어나고 싶은 일종의 발악 같은 것이 종종 나를 짓뭉개곤 한다.

나는 평생 돈 계산 잘 못하듯 사람 계산도 영 젬병이다. 사람을 좋아하고 사랑하는 것은 틀림없지만 거창하게 휴머니즘에 입각한 정신은 아닌 듯싶고 사람을 대할 때 시쳇말로 통수를 재지 않는 편이다. 선인과 악인에 대한 구분은 그 자체로 나 스스로 악인에 속한다고 여겨왔다. 가령, 검은색이라고 하여 무조건 악이고 흰색이라고 하여 무조건 선이다라는 생각을 나는 철저하게 배제한다는 작가 윤후명의 말처럼 나 역시 거의 동일한 생각을 지니고 있다. 이런 나를 두고 누군가 그런다. 복잡하게 생각할 거 없이 나 좋아하면 무조건 아군, 나 싫어하면 무조건 적으로 간주하라고. 일면 속 시원하게 들리는 말이지만 사람만큼 겪어봐야 아는 동물이 또 있을까.

노숙자

무소유의 진정한 의미를 몸소 실천하는 이 시대의 천사들이다. 순식간에 접고 펼 수 있는 이동식 하우스를 상시 옆구리에 끼고 다니다가 그것조차 불필요하게 느껴지면 과감하게 버리고 얇은 신문지로 대신한다. 일면식도 없는 길거리의 수많은 사람에게 형제임을 자임하면서 시간과 장소에 구애받지 않고 꾸준하게 일용할 양식을 공급받는다. 구걸이라는 의미보다는 기부라는 의미에 더 깊이 무게를 둔다.

따라서 연말 정산에 따른 세금이 무슨 뜻인지 전혀 알 필요가 없으며 알려고도 하지 않는 인류다. 세끼를 불필요하게 여기는 그들은 생기면 먹고 없으면 굶기를 밥 먹듯이 하는데 무소유를 실천하면서도 그 어떤 종교적 의미나 철학적 사유는 존재하지 않는다. 그들 머릿속엔 부처나 디오게네스가 존재하지 않기 때문이다. 행복한 삶, 인간다운 따위의 표현은 저 멀리 안드로메다로부터 수신된 모스 부호쯤으로 여기고 산다.

그들의 역사와 전통은 생각보다 꽤 깊고 방대하다.

이간질

이간질의 발생 원인이야 여러 가지가 있겠지만, 누가 뭐라고 해도 이간질은 사람 욕심 때문에 생기는 질환이다. 동시에 목적을 위해서라면 수단과 방법을 안 가리겠다는 속성도 깔려있다. 말이란 글과 달라서 부정은 할 수 있을지언정 삭제가 불가능하다. 이간질이 몸에 밴 사람은 자기 외에는 진정 타인에 대한 사랑이 무엇인지 모른다. 오로지 자기만을 사랑해 줘야 직성이 풀린다. 그 직성이 풀리면 놀랍게 질환도 깨끗하게 치유된다.

이간질도 어쩌면 일종의 나르시시즘 일지 모른다. 뒤통수는 항상 가까운 놈이 치듯이 좋은 인간관계에 있어서 불가근불가원(不可近不可遠)이 그래서 깊은 의미가 담겨 있음을 새삼 깨닫는다. 너무 통속적이고 상투적인 이야기지만, 우리 일상에서 때로는 통속적이고도 상투적인 것이 어느 한쪽으로 치우치려는 감정을 조율하기도 한다. 이간질은 그 속성상 제법 복잡한 감정이 혼재돼 있을 때가 많다. 복잡할수록 상식선에 대입시키면 의외로 쉽게 해

답을 얻을 수 있듯이 이간질은 옳고 그름의 판단이라기보다는 감정선 얽힘이기에 절제나 조율도 얼마든지 가능하지만, 이간질이 끝까지 선택하려는 방향은 양쪽을 갈라놓음으로 해서 얻는 자기 안정이다.

성공할 경우 필경 어느 한쪽은 자기편이 되거나 최소한 자기 이득과 하등의 연관이 없었던 옛날의 각각으로 돌아가기 때문이다. 그렇더라도 이간질의 목적이 들통날 경우 자신에게 돌아오는 비난이나 그에 따른 폐해는 이간질을 해서 얻은 자기 안정과는 비교가 안 될 정도로 허망하다.

그러므로 지혜로운 자는 이간질로 편을 갈라놓기보다 적대시하던 상대방까지 자기 사람으로 만든다.

갈등의 해방구

국물이 짜다. 적당히 물을 붓는다. 간이 맞다. 그러나 짰을 때와 간이 맞았을 때와 소금의 양은 똑같다. 소금의 본질인 나트륨과 염소의 질량이 그대로 녹아있는 것이다. 간이 맞는 것은 온전히 혀끝에서 노니는 느낌일 뿐이다. 사람들은 그 맛에 속는다. 웬만해서 본질은 변하지 않는다. 사람마다 각각 지니고 있는 본성이 쉽게 변하지 않는 이치와 같다. 빈 서판(書板)을 쓴 스티븐 핑거의 이론과는 정면 배치되는 말이지만, 그러므로 변화를 너무 기대하지 마라.

갈등의 골이 깊어지는 원인 중에 가장 큰 요인은 상대방을 인정하려 들지 않을 때라고 한다. 특히 조직 내에서 이러한 현상이 두

드러진다. 뛰어난 사람은 안티도 그만큼 많다. 가족 간에도 이러한 갈등이 존재한다. 좀 더 좁히면 연인이나 부부 사이도 그렇고 친구도 그렇다. 타고난 인성과 성장과정에서 형성된 습이나 성격이 쉽게 고쳐질 리 없다.

현명한 방법은 어느 정도 그러한 요소들을 인정하고 물을 타듯 희석해 가며 공존하는 방식이다. 비단 사람뿐만 아니라 일도 마찬가지다. 그러나 희석도 싫고 속는 것도 싫다면 방법은 간단하다. 눈 딱 감고 내치면 된다. 삶이 나를 선택하는 것이 아니라 내가 삶을 지배하는 방법 중의 하나다.

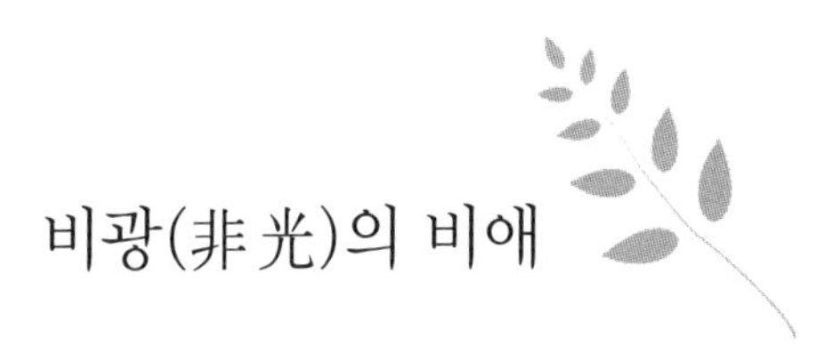

비광(非光)의 비애

인생이라는 커다란 궤적을 돌이켜보면 항상 가슴 속에 일렁이던 언어의 방점들이 마치 도랑물에 이파리가 떠내려가듯 물기를 머금은 채 멀리 사라지곤 했다. 가슴 속에 묻어둔 사연들이 어디 한둘이랴마는 한 해를 보내고 또 새로 맞이하기를 수십 번. 불현듯, 화투판 비광의 비애를 느끼곤 한다. 오광이 되기 위해선 반드시 있어야 할 존재지만, 더러는 쌍피보다 훨씬 값어치가 떨어지거나 그저 광 하나 더 추가했다는 기분만 느낄 뿐, 오광의 완성을 제외하곤 승부의 적통을 이어받아 판 자체를 뒤흔드는 존재가 못 된다.

비가 츠적츠적 내리던 지난해 봄이던가. 나르키소스의 비애를 고스란히 품고 앉아 고운 자태를 뽐내며 습지에서 울고 있던 수선화, 나는 비광의 비애를 동시에 느끼고 있었다. 수선화든 비광이든 내 인생의 비망록 같아 울컥했다. 성찰의 껍질도 쌓일 만큼 쌓였건만, 내 생에 있어 무엇인가 결정적인 한 방이 없다는 것에 대한 심한 자괴감이 일었다.

그러다 곧 지청구처럼 나 스스로 되뇌였다. 아직 조금은 남아있는 희망을 대출 받아 지금 쓰러지지는 말자고. 어차피 내 삶이 그러하다면 겸허하게 받아들이자고. 비광의 충만을 위하여.

빤한 이야기

당신이 몹시 마음 아파할 때 당신의 아픔 때문에 화를 내는 사람이 당신을 사랑하는 사람일 수 있습니다. 당신이 응급실에 있을 때 가장 먼저 달려온 사람이 당신을 사랑하는 사람일 수도 있습니다. 수많은 사람이 당신의 아픔을 이해하고 수많은 사람이 당신의 입원을 걱정해도 아무도 모르게 당신의 치료비를 모두 감당한 사람 또한 당신을 사랑하는 사람일 수 있습니다.

하지만 정녕 당신을 사랑하는 사람은 상전벽해가 와도 흔들림 없이 언제나 당신 곁에 머물러 있는 사람입니다. 이런 빤한 이야기를 읽는 순간 모든 것이 과거의 일로 기억된다면 당신은 현재 진행형이 아닌 과거의 사람입니다. 그리하여 누군가로부터 잊혀지는 사람이 되고 싶지 않다면, 언제나 변함이 없어야 함은 지극히 자명한 노릇입니다. 이 자명한 노릇 또한 빤한 이야기입니다.

심한 갈등

그것이 내 삶과 버금가는 그 어떤 소중한 가치를 지니고 있어도 단호하게 버릴 마음이 있으면 지키기도 쉽다. 버리기도 아깝고 지키기도 어려울 때가 항상 힘든 법이다.

간혹 이런 갈등에 깊이 빠져드는 이유는 그간 애지중지 지니고 있던 것에 대한 신선도 하락과 관심으로부터의 멀어짐이지만 본질적으론 한때 너무나 소중했던 것에 대한 미련 때문이다. 사물은 물론 명예나 우정, 남녀 간의 사랑까지 그 범위는 매우 깊고 넓다. 그러나 그것보다 더 무서운 일은 자기 자신도 모르게 진행되는 피폐함이다. 그 폐허의 꼭지점은 당연히 정신적 폐해다. 흔히 말해 남 주기는 아깝고 갖고 있자니 스스로 너무 괴롭거나 처치 곤란할 때다. 흔히 겪는 사례가 집 안에 쌓여있는 옷가지나 가전제품들이다.

그러나 이런 갈등의 꼭짓점은 뭐니 뭐니 해도 쇠락해 가는 남녀관계다. 모든 인연의 시작과 끝이 결국 무연임을 깨닫는다면 그렇게 애달캐달할 필요가 없겠지만 범속한 우리가 도가(道家)의 일원도 아니니 쉬운 일은 아니다.

나는 가끔 동물의 왕국을 보면서 동물들의 본능적 지혜를 목격하곤 한다. 더러 냉혹하기 이를 데 없지만, 그 후 벌어지는 일들을 보면 그들의 냉혹한 결정이 얼마나 지혜로운 본능인지를 깨닫게 된다.

똥과 향

똥을 담았던 종이에서는 똥 냄새가 나고 과일을 담았던 종이에서는 확실히 과일 향이 난다. 시간이 흐를수록 더욱 명확해지는 현상이 있다. 이 단순한 유기적 화합물의 교합이 물리적 충돌을 일으켜 조금씩 종이 쪽으로 스며들면서 똥 냄새는 더욱 짙어지고, 아쉽지만 과일 향기는 점차 사라진다는 점이다. 인격이 형성되는 과정에서 환경이 무섭다는 말은 이런 것을 두고 하는 말이다. 좋은 냄새를 오래 품고 살기란 결코 쉬운 일이 아니다.

인격도 이와 다르지 않다. 겉보기에 그럴듯한 페르소나를 뒤집어쓰고 똥 냄새를 풀풀 풍기는 사람이 있는가 하면, 시간이 갈수록 향기가 나는 사람이 있다. 더욱 중요한 것은 똥 냄새가 나든 향기가 나든 본인은 무슨 냄새를 풍기는지 모른다는 사실이다. 그 냄새에 늘 젖어있기 때문이다. 그 사람 인맥을 보면 그 사람이 보인다라는 이치와 같다. 가끔 햇살 같은 사람을 본다. 그 순간 나는 얼마나 행복한지 모른다. 비록 내가 똥 냄새를 풍기는 사람일지라도.

결정적인 구라

사내로 태어나 강팔지고 모진 세상에 내동댕이쳐져 한세월 버르적거리다 비로소 인생의 산산한 질고를 어느 정도 벗어났다 싶으면 눈앞에 보이는 건 엎치나 메치나 성공과 실패라는 인과(因果)뿐이다. 튼튼한 종마(種馬)의 본을 뜨듯 성공한 자들의 샘플을 모아 놓고 이렇게 돼야 한다고 강요하는 시대, 그리하여 성공은 그나마 다행이다.

막돼먹은 인성마저 명예와 물질의 중량에 따라 그럴듯하게 포장되거나 설령 천인이 공노 할 전과가 있어도 당시에는 그러한 아픔을 겪을 수밖에 없었다는 혹은, 눈물겨운 상황이었다는 것을 양심선언이라는 면죄부로 슬쩍 상투를 틀곤 한다. 따라서 실패는 그 어떤 과묵함 마저도 수용하지 않는다. 실패한 자가 무슨 할 말이 있으랴, 로 간주하기 때문이다.

소위 성공한 축에 끼는 예인(藝人)들이 대체로 이러한 구라가 심하다. 영화나 TV를 통해 널리 이름 석자 날리고 있는, 특히 수십 년 동안 함께 무명시절을 보내면서 온갖 더러운 꼴을 다 보여준 동료가 팬들에게 혹은, 언론에 결정적인 구라를 칠 때 나는 눈에다 순간접착제를 발라버린다.

죽음보다 깊은 상처

사랑을 잃는 것보다 믿음을 잃었을 때 상처의 심도가 더 깊을 수 있다. 이는 근원적으로 사람에 대한 믿음이 깊게 깔려 있기 때문이다. 열꽃을 피우던 육체는 시간이 지나면서 차츰 그 신선도가 떨어지지만, 당연히 처음 같은 육체애(愛)는 사라질지라도 사랑애(愛) 만큼은 지속될 수 있다. 그것은 차츰 우정애(愛)처럼 변하고 좀 더 훗날에는 인간애(愛)로 발전하여 정말 검은 머리 파뿌리가 되도록 사는 커플들을 수없이 목격한다.

사랑이든 우정이든 그 에너지의 근간은 일단 사람에 대한 믿음이다. 당신과 나는 무엇 무엇의 관계이며 이러저러한 사이라는 확신이 다른 대상보다 훨씬 깊고 넓기 때문이다. 믿음과 신뢰는 그

뜻이 비슷하면서도 약간 차이가 있지만, 믿음의 종착지가 신뢰라고 해야 할지 신뢰가 믿음의 종착지가 되는지는 정확히 모르겠다. 어떻든 그 종착지에 닿기 전에 신념에 가까운 그 에너지가 무너질 경우, 흔히 멘탈 붕괴로 인해 목숨까지 담보로 할 때가 종종 있다. 믿음은 정녕 무서운 에너지다.

분노의 앙금

마음 속에 쌓인 앙금을 배설하려는 사람에게 자꾸 참으라고 권하지 말라. 나중에 그것이 변비가 되어 딱딱하게 굳어지면 지층이 형성되고 언젠가는 마음 속의 화산이 폭발하거나 지진을 일으키는 원인이 된다.

화산 폭발과 지진의 원리는 간단하다. 화산 폭발은 지구 속의 내핵, 외핵, 맨틀의 높은 온도에 녹아있는 마그마가 압력을 견디지 못하고 지반(지각)이 약한 곳을 찾아 분출하는 현상이며 지진은 지각 변동에 의해 땅이 갈라지는 현상이지만, 지진 역시 지하의 알 수 없는 에너지에 의해 발생한다. 그 종류도 몇 개가 되지만 여기선 생략하고 지진이 일어나면 화산이 폭발하거나 쓰나미가 발생한다는 것쯤은 누구나 아는 상식이다.

그렇다면 알 수 없는 에너지란 도대체 무엇일까?

너무 동떨어진 비유가 될는지 모르겠지만, 그것을 나는 인간의 마음속에 자리 잡고 있는 분노나 상처, 어떤 아픔에 따른 상실감 따위에 비유하고 싶다. 그것을 억제하고 참는 것이 능사인 것처럼 교육받아온 우리는 무엇이든 참을 인(忍)을 내세워 참고 또 참기가 보통이다. 그럴 때마다 분노지수는 점점 뜨거워져 온도가 상승한다. 분출할 곳은 없고 분노지수는 걷잡을 수 없이 높아져 급기야 마그마처럼 펄펄 끓다가 마침내 폭발하게 된다.

묻지 마 살인처럼 불특정 다수를 향한 흉악범죄가 대표적인 예다. 화산이나 지진은 조율이나 제어할 방법이 없다지만, 좋지 않은 기운으로 가득 찬 인간의 마음은 얼마든지 절제나 제어, 조율까지 가능하다. 그리하여 때에 따라서는, 사안에 따라서는 조금씩 분출해가며 살아가는 것도 큰 폭발을 조율하고 제어하는 방법 중의 하나가 될 것이다. 그러므로 그때그때 그 좋지 않은 기운들을 실핏줄처럼 뽑아내고 분출하는 것이 매우 중요하다. 어쩌면 대형사고를 막는 지름길인지 모른다. 잔뜩 분노가 찬 사람에게 무조건 참으라고 권하는 것은 오히려 더 큰 분노를 일으키게 하는 원인이 될 수 있다.

사람은 누구나 본인이 직접 당해보지 않으면 세상에서 가장 관대한 사람처럼 굴다가도 막상 본인이 당하면 세상에서 가장 옹졸한 사람으로 돌변한다. 당한 사람은 어떠한 형태로든 상처를 받은 사람이다. 그런 사람에게 공자 같은 인품으로 무조건 참으라고 종용하기보다 적당히 같이 화를 내주는 것도 그 사람을 위로해 주는 방법 중의 하나다. 참으라는 말이 좋은 말이고 옳은 말인줄은 알지만, 경우에 따라서는 마음에 꽂힌 비수를 다시 한번 비트는 꼴이 된다. 참으라고 했던 사람들, 실제로 자기가 당하면 참는 것을 거의 본 적이 없다.

남과 여

남자로부터 달랑 꽃 한 송이를 받아도 감동을 받는 이유가 여자에겐 있다. 섹스 횟수를 사랑의 척도로 착각하는 이유가 남자에겐 있다. 여자는 그것이 아주 사소한 일일지라도 남자로부터 파생하는 감동과 안정감의 동질화에 기대를 걸고 남자는 여자의 순종과 자기 존재감의 동질화에 기대를 건다. 이러한 기대치가 무너질 때 사랑은 서서히 쇠락한다.

여자가 바람을 피웠을 때 남자가 집요하게 묻는 말은 상대 남자와 성관계를 했느냐 안 했느냐가 관건이고 남자가 바람을 피웠을 때 여자의 가장 큰 궁금증은 누구를 더 사랑하느냐에 달려 있다고 한다. 검증된 바 없는 이야기지만 일면 수긍이 간다. 우연이겠지만 바람 피우는 현장을 들켰을 때 여자는 상대 여자만을 집요하게 공격하는 반면 남자는 둘 다 응징을 가한다.

이러한 행위와 심리적 발단을 암컷과 수컷이 보여주는 동물학적 관점으로 봐야 할지 또는 동서고금을 막론하고 오랜 인류사에 깊이 뿌리 박힌 남성 우월주의나 남존여비 사상의 잔해인지는 모르겠지만, 서두에 언급했듯이 남자로부터 얻는 감동과 안정감의 동질화란 비록 사소한 것일지라도 남자가 챙겨줄 때 내가 너를 이만큼 사랑하고 있으니 당연히 그 만큼 보호하고 있다는 의미로도 받아져 심리상 여자는 감동으로 직결된다.

따라서 여자의 순종과 자기 존재감의 동질화란 마치 동물의 세계에서 흔히 볼 수 있는 광경처럼 오직 자기 존재만을 바라보아야 하는 순종의 의미는 곧 자기 자존감과 직결되기 때문이다. 그것이 흡족해질 때 둘 사이는 별 불만 없이 원만해진다.

그러나 나를 사랑하는 것의 본질쯤으로 여기던 그것으로부터 점점 멀어져갈 때 안정감이나 순종의 의미도 희박해질 터이고 그러한 기대치가 조금씩 사라지면 자연스럽게 쇠락하기 마련이다. 그럼에도 참고 사는 것이 또 우리네 인생이기도 하다. 참고 사는 것만이 능사는 아니지만 우리네 어머니와 누이들은 대부분 그렇게 살아왔다. 그렇게 살아온 덕(?)에 오늘날 순기능과 역기능이 존재한다는 점도 부인할 수는 없다.

젊은이여

새털 같은 나날이라고 시간을 함부로 헛되이 보내지 마라. 지금 이 순간에도 그대의 시침은 속절없이 돌아가고 있다. 그 흐름은 그대의 성공과 실패와 무관한 그대의 자산이다. 어느 날 문득 새털처럼 많았던 시간이 언제였던가 싶게 깊은 탄식의 나날을 맞이하게 될지 모른다.

그렇다. 사람들은 보이지 않는 저금통에 세월이라는 동전이 배터지게 들어있는 것처럼 착각하고 산다. 젊은 시절에는 그런 걸림조차 없다. 무중력 상태다. 그러다 중년쯤에 이르러 사람들이 흔히 말하기를, 덧없이 흘러가는 것이 세월이라고 한다. 덧없음이란 비단 세월의 흐름만을 꼬집는 말이 아닐 것이다. 덧없음 속엔 부질없음도 포함된 자조적 표현이기 때문이다.

그러나 어디 그뿐이랴. 덧없음을 넘어 화살같이 날아가는 것을 세월이라고 말하면서 반드시 지청구처럼 내뱉는 말이 있다. 지금보다 딱 십 년만 젊었으면, 이다 그 지청구는 중년이나 노년이나 별반 다르지 않다. 지금의 나이로부터 십 년은 각자 다르다. 가령 구순 앞에서 칠순이 딱 십 년만 젊었으면 하고 뇌까릴 때 구순은 얼마나 가소로울까.

세월의 중력을 거스를 생물은 지구상에 존재하지 않는다. 그 중력은 날이 갈수록 가속도가 붙어 죽음 앞에 가까워지면 시간의 진공 속으로 빨려 들어간다. 순식간에 사라지는 것이다. 우리 생도 그렇게 사라진다. 때로는 가장 통속적이고 진부한 표현이 가장 진실에 가까울 때가 있다. 사랑은 눈물의 씨앗이라고 외쳤던 어느 대중가요의 가사처럼 시간을 아끼고 절약한다는 의미는 하루하루를 정말 알차게 보내는 수밖에 없다는 뜻이다.

어부의 좽이질

어부의 좽이질은 육안보다 그간의 경험치에서 얻은 육감과 물고기의 이동 경로를 꿰뚫어보는 심안이 근원적일 것이다. 이것을 흔히 직관이라 일컫는다. 물증보다 심증이 때로는 더 확실한 정황증거가 되듯이 사실적인 것보다 순도 높은 직관력이 더 정확하고 명쾌한 해법을 제시할 때가 있다.

대부분 사람은 형태나 형상에 현혹되곤 한다. 형태나 형상이 안고 있는 허구를 꿰뚫어보기 위해서는 그 허구를 꿰뚫어볼 수 있는 심안이나 직관력을 키워야 하는데 그러한 노력보다는 현혹되는 것에 당장 마음이 동하기 때문에 자기 감정에 속기 예사다. 물고기 떼가 설핏설핏 보인다고 해서 보이는 것마다 좇아다니며 좽이질을 할 수는 없잖은가. 잔뜩 중노동만 하는 꼴이 된다.

직관이 통찰과는 직접적인 연관은 없다. 그러나 직관이 삶에 대한 통찰력을 키워준다는 사실을 잊어서는 안 된다. 오늘이나 현실이 중요하다고 하여 현실에만 급급하다 보면 당연히 미래는 오늘의 정도에서 머무를 것이고 과거에 대한 각성이나 성찰이 부족하면 현재는 과거의 답습일 뿐이다. 이럴 때 통찰력이 필요하다. 통찰은 과거와 현재, 그리고 미래를 꿰뚫어볼 수 있는 혜안이기 때문이다.

나는 원래 그런 사람이라고 말하는 이에게

원래 그런 사람은 없다. 설사 그렇다고 해도 그것은 자신이 그렇다고 믿고 있을 뿐, 자기를 낳고 기른 어미도 모르며 오로지 神만이 알 뿐이다. 나는 원래 그런 사람이라고 말하는 이여. 무너지지 않는 그 믿음 때문에 수많은 사람이 알게 모르게 상처를 입는다는 사실을 그대는 아는가.

이런 부류의 공통점이 있다. 타협이 거의 불가능하다. 양보한다고 한들 극히 일부분에 속한다. 큰 틀은 결국 자기주장의 궤적 안에 모두 들어있다. 그런 성향을 무슨 신념처럼 지니고 있기에 좀체 무너지지 않는다. 말이나 행동도 거의 주관적이다. 논의라는 단어가 무색할 정도로 완고하다. 자기주장으로 어느 땐 본인이 손해를 보는 일임에도 고집을 피우거나 개의치 않는다.

스티븐 핑거의 빈 서판(書板) 이론처럼 타고난 인성일까? 제한적이긴 하지만 이런 아류는 지독한 이기주의적 성향도 지니고 있다. 대사를 그르치거나 사소한 일에서도 종종 충돌한다. 물러서지 않기 때문이다. 심지어 사랑하는 연인이나 부부가 마찰을 빚을 때에도 나는 원래 그런 사람이라는 논리로 맞서다 끝내 상처를 주기 일쑤다. 자존심과는 사뭇 다른 이런 경향은 성격이나 인성이라기보다는 마인드 컨트롤에 더 가깝다. 대화 도중에도 한 번씩 나는 원래 그런 사람이라는 표현을 자주 사용한다. 그것이 더러는 신념처럼 비치기도 한다. 그래서 사람들은 가끔 속는다.

나는 원래 그런 사람이라는 표현 속엔 상대방에게 알아서 해라 혹은, 그렇게 알아들었으면 좋겠다 식의 암시가 묻어있다. 그런 사람들에게 흔히 듣는 말 가운데 하나가 "내 사랑법은 이렇다"가 있다. 그러니까 나머지는 네가 알아서 해라는 식의 암시가 곁들여 있다. 그 나름 여러 가지 장점도 있겠지만 딱 한 가지 좋은 점을 들자면, 어떤 계획이 자기 배짱과 맞아떨어질 때 뚝심으로 일단 밀어붙인다는 점이다. 자기는 원래 그렇다는 것을 원칙으로 삼기 때문이다. 그렇더라도 사람 관계에 있어서 타인에게 상처를 주는 성향은 마땅히 고쳐야 할 점이다.

내가 아프기 이전에

내가 어딘가 아프다고 하면 아내는 신통하게 그 원인과 증상을 소상히 안다. 어금니 한쪽이 빠진 불편함을 호소했을 때 아내는 빙그레 웃으면서 양쪽으로 빠진 어금니를 보여준다. 앞니로 오물거리며 음식을 씹던 평소 아내의 모습이 그제야 불현듯 스치고 지나간다. 뚜렷한 이유 없이 무릎이 시큰거려 투덜거리자 며칠을 두고 찜질을 해주던 아내가 잠자리에 들면 종종 아이구 다리야, 하던 지청구가 생각나고 눈이 침침하다며 바늘구멍에 실 꿰어 달라는 것을 바쁘다고 핀잔 주던 기억도 난다. 그런데 어느 날부턴가 바늘구멍은 고사하고 단춧구멍도 잘 꿰지 못할 정도로 내 눈이 침침해졌다. 그 불편함과 통증을, 아내는 내가 아프기 이전에 이미 다 아파 본 것이다.

남들도 알고 있었던 아내의 그 불편함을 정작 남편인 나는 잘 모르고 있었던 것이다. 아니 어렴풋이 알고는 있었어도 관심과 애정을 갖고 있었던 것이 아니다. 뒤통수는 가장 가까운 놈이 친다는 이 터무니 없는 생각이 왜 문득 떠오를까? 돌이켜보면 익숙함에서 비롯한 간과 때문일지 모른다. 간과는 어쩌면 익숙함에서 파생된 묵시적 동의일 수도 있다. 부부 사이에는 묵시적 동의가 의외로 많다. 그 본질은 참고 산다라는 목적과 더불어 그 속엔 체념까지 섞여 있을 수도 있다. 그러나 간과와 무관심은 차원이 사뭇 다르다. 무관심은 아예 개선의 여지가 없는 단절이다.

씨부랄

내 낮술 몇 잔 먹었다고 대낮부터 옹알대는 건 아니지만, 한 시절 내가 조금 잘 나갈 때 나한테 제법 큰 돈 꿔간 놈이 내가 세파에 무릎 꿇고 오갈 데가 없어지자 나와의 인연 자체를 머릿속에서 싹 드라이클리닝 하더구먼. 뽀드득! 한세월 이를 갈았지.

세월이 흘러 이를 가는 것도 신물 나 거의 까먹어갈 무렵 느닷없이 그놈의 부고 소식을 들은 거야. 갑자기 모든 게 허망해지더군. 놈이 죽기 전까지 암 선고를 받고도 빚에 허덕이던 헌책방 하나 살려보겠다고 아등바등했다는 뒷이야기를 듣곤 허망함은 둘째 치고 그래, 죽으니까 그냥 다 끝이구나 싶더군. 사랑도 미움도, 애증도 원한도 희망도 절망도 죽음 앞에서는 다 헛것이라는 거.

그래서 생각이 바뀌었지. 어차피 인생이 다 그런 거라면 아득바득 너무 독하게 살지 말자. 내 앞에 놓인 그릇의 크기만큼 살자. 내 앞에 다가오는 시절과 연에 만족하자. 내 앞에 찾아온 요만큼의 행운이라도 붙잡고 살자. 그랬더니 마음이 편해지더군. 남들이야 나를 어찌 보고 어찌 평가하든 내가 마음이 편하고 행복하다는 데야 무슨 대수랴.

사랑 그 쓸쓸함을 위하여

"사람을 사랑한다는 그 일 참 쓸쓸한 일인 것 같아"

백 장의 대서사시 신곡을 쓴 단테는 쉰여섯의 생애 삼십 분도 채 안 되는 시간을 베아트리체와 함께했다. 그리고 그의 마음속에 영원히 베아트리체가 살았다. 그게 과연 가능한 일일까 싶다. 가능했기에 신곡이 탄생했고 베아트리체가 존재했겠지만 어린 시절 피렌체의 축제날, 꿈꾸는 듯한 표정에 보석 같이 해맑은 눈의 그녀와 음울한 눈초리에 가련한 얼굴의 단테가 운명처럼 만났다.

그리고 대 여섯 해를 보낸 뒤, 아루노강의 베케오 다리에서 그녀와 다시 마주치게 된다. 어린 시인의 가슴에 시의 뿌리를 내리게 하고 끝없는 동경과 연모의 감정을 불어넣은 베아트리체! 그녀가 잠시 보낸 미소는 단테의 가슴에 드리워진 어두운 그늘을 빛과 환희로 바꾸어놓았다. 그뿐이었다. 이 두 번의 만남이 이들 로맨스의 처음이고 끝이었다.

피렌체의 축제와 아루노강의 베케오 다리에서 보낸 그녀의 시선과 미소만 아니었더라면 -우리네 인생길 반 고비에 올바른 길을 잃고서 나는 어두운 숲 속을 헤매었다. - 신곡의 첫머리는 이렇게 쓰이지 않았을지 모른다. 아무리 곱씹어 생각해도 사람을 사랑한다는 그 일, 정녕 쓸쓸한 일인 것 같다. 더불어 사랑은 위대하나, 라는 말에 전적으로 동의한다.

투박한 싱코페이션

솔직히 나는 詩가 무엇인지 잘 모른다. 그냥 모르는 정도가 아니라 아주 좆도 모른다. 한 잔 술의 의미도 모르는 내가 어찌 人生을 안단 말인가, 라던 知山처럼 평생 연극에 몸담고 있어도 아직도 연극이 안개처럼 느껴지듯이 내게 있어서 문학은 늘 신기루 같은 존재다. 그래서 박자와 음정을 고루 갖추지 않고 제멋대로 싱코페이션을 구사한다.

한데 가끔 무엇에 접신이 되는지 오감(五感) 보태기 육감을 뛰어넘어 초감각의 정신세계가 열리곤 한다. 그것은 내 가슴 밑바닥에 응어리진 삶의 질곡이 비명을 지르는 것이거나 보이는 것과 보이지 않는 것에 대한 자아와 초자아의 부대낌이거나 과거에는 도무지 열리지 않았던 감성계엄이 늦게나마 해제되면서 과거와 현재를 반추, 또는 현재와 미래에 대한 통찰 의식이 피어나는 것인지 모른다. 다만 한 가지 나 스스로 자위할 수 있는 것은 지속적으로 무엇인가 끄적인다는 것에 내 본질을 두고 싶다는 거다. 국문학을 전공하지 않았어도 유명한 글쟁이가 아니더라도 무엇인가 끊임없이 사유하고 끄적인다는 것. 그것을 나는 본능에 이끌린 또 하나의 초감각 본질이라고 생각한다.

비록 내 걸음이 서투르고 투박할지라도 서두에 좆도 모른다는 표현이 알베르토 자코메티의 걸어가는 사람처럼 지나친 자학으로 비쳐질 수도 있다. 한 때의 어리석은 짓인지 아집인지 모를 십여 년의 세월로 신춘문예와 문학 월간지에 혼신의 힘을 다해 도전했다가 붓을 꺾었다. 그리곤 등단문의 깜냥도 안 된다고 여기는 곳에서 등단을 했다. 애초부터 등단 욕심이 아니었기에 큰 감흥은 없었다. 그리고 한 발 물러서서 출신 학교 따지지 않겠다고 마음을 먹으니 과거의 아집과 현재의 내려 놓음이 그동안 추구해왔던 내 문학에 대한 정체성에 약간 혼란을 겪고 있다는 점을 고백한다. 또 끄적인다는 표현이 문학의 혼을 불사르는 작가들 입장에서는 꽤 거슬릴지 모른다. 하지만 내가 표현할 수 있는 것은 솔직히 그것 밖에 없다. 이유는 명백하다. 나는 아직 문학을, 시를 잘 모르기 때문이다.

비(非)가 아닌 비(悲)

내 가슴속에 평생 지워지지 않을 것 같던 대사들이 안개처럼 사라져 가는 날은 어김없이 공연이 끝난 날이다. 그런 날엔 의례 폐결핵을 앓듯 형편없이 구겨진 몰골로 포장마차 툇마루에 앉아 형편없이 구겨진 채 나는 공허하게 술잔을 비운다. 빈 술잔에 술을 채울 때마다 종종 쓴웃음이 나오는 건 비(非) 웃음이 아니라 비(悲) 웃음이다. 집행유예를 받은 연극은 곧 아나키스트가 된다.

예술은 배고파야 한다는 논리에 있어서 그것은 어쩌면 가진 자의 자기변명이거나 없는 자의 합리화일 수도 있다. 그럼에도 배고픔의 본질이 무엇인지에 대하여 그 의미는 항상, 분명히 따로 있다. 그런데 자꾸 비(非) 웃음이 아닌 비(悲) 웃음이 나오는 까닭은 어째서일까. 들이키는 술잔을 한 번씩 쳐들곤 다시는 연극을 하지 않으리라 맹세한다. 때로는 사랑이 지겨울 때가 있는 것처럼 예술은 지겨울 정도가 아니라 아주 좆같을 때가 있기 때문이다.

아아, 그러나 한 번씩 잠시 사라졌던 그 빌어먹을 연극은 내 각성이 잠시 잠들어버린 사이 재빠르게 마약을 투여한다.

비로소 알게 된 사실

비스듬히 사선으로 두 눈을 찌르는 아침 햇살이 참으로 경건하게 느껴질 때가 있다. 어느 날은 그 햇살의 눈 부심이 싫어 이불을 당겨 얼굴에 뒤집어쓸 때도 있다. 그러나 그 아침 햇살은 내가 원하던 원하지 않던 내 의지와는 상관없이 늘 그렇게 빛나고 있으며 때로는 경건한 마음과 때로는 뒤집어쓰고 싶은 마음을 갖게 한다. 운명이란 그렇게 뭔가 내리쪼이는 명령체계를 지닌 것 같다.

그리하여 아침 햇살이 우리의 운명을 주관하는 어떤 힘이라고 가정한다면, 운명 역시 내가 어떤 마음을 먹고 어떻게 받아들이느냐에 따라 그 색깔은 확연히 달라지는 게 아닐까. 지금까지 살아오면서 내가 명료하게 알게 된 사실 두 가지가 있다. 그것은 인생에 관한 그 어떤 경우도 결론이나 정답이 존재하지 않는다는 사실과 그 대신 그 어느 경우든 늘 해법이 존재한다는 사실이다.

진정 아는 게 힘일까 모르는 게 약일까

최근에 암으로 세상을 뜬 세 사람이 있었다. 친구, 선배, 후배.... 순서대로 말하자면 간암, 췌장암, 위암이었다. 친구는 출판사를 운영했었고 선배는 공교롭게도 의사였으며 후배는 자영업을 하면서 정말 성실하게 열심히 살았다. 선배 후배의 일상생활은 잘 모르더라도 친구는 매우 가까운 사이였기에 그의 일상을 너무도 잘 아는 처지였다. 잦은 외국 출장과 엄청난 음주에, 나이를 잊은 듯 밤일을 거르지 않는다고 자랑스레 떠들던 친구, 거기다 꼭 빠지지 않고 주말마다 산행을 즐겼다. 골프와 헬스로 몸을 다졌다는 선배, 타고난 체력과 186의 키에 몸무게 102킬로그램의 후배, 이들의 공통점은 세 사람 다 평소에 호방하고 나름 일정한 바이오리듬을 지키고 살았던 사람들이었다.

전이가 덜 된 상태에서 진단을 받았던 친구는 설마, 하는 마음으로 버티기를 2년여.... 한데, 막상 말기상태에 이르러 가망이 없다는 말을 듣는 순간부터 그는 속절없이 무너지기 시작하더니 삼 개월을 버티다 눈을 감았다. 선배와 후배 역시 마찬가지였다. 힘들다, 가망이 없다, 라는 소리를 듣는 순간부터 선배는 그나마 육 개월, 후배는 겨우 한 달을 넘기지 못했다. 힘들다, 가망이 없다.... 이 말이 그토록 무서운 말이었을까?

만약에 힘들다, 가망이 없다, 라는 말을 안 했더라면 어땠을까? 희망이라는 단어를 가슴에 품고 더 버텼을지도 모를 일이다. 어차피 가망이 없기는 매 한 가지겠지만....

세상사 이러한 일들이 참 많다. 나이를 하나씩 더 먹으면서 피부 깊숙이 느껴지는 건 모르는 게 약일 때처럼 세상을 만만하게 보았던 지난날의 치기 어림과 뒤늦게야 알아버린 일들에 대해서 이제는 겁이 난다는 거다. 삶에 대한 통찰력의 부재가 아닐 수 없다.

습

습을 바꾸면 운명을 바꿀 수 있다고 한다. 그러나 바뀐 운명 때문에 또 다른 습에 젖어야 한다. 하여, 현재 지닌 습을 무조건 나쁘다고만 생각지 마라. 혹자는 당신만이 지닌 그런 습이 없어 쩔쩔매고 사는 사람도 수두룩하니까. 그러나 버려야할 습이 무엇인지 당신은 너무나 잘 알고 있다. 타인으로부터 수도 없이 지적당해 온 것, 그럼에도 버리지 못하는 것, 그게 바로 습이다. 진정한 자기 철학과 아집과 똥고집과의 선을 모호하게 만드는 자가당착의 깊은 수렁이다. 눈 크게 뜨고 버려라. 그래야 당신이 편안해지고 주변 사람이 편안해진다.

어쩌면 습은 부모로부터 본받은 혹은, 물려받은 학습효과의 일부분이거나 환경에 따라 생기는 버릇 일지 모른다. 습은 확실히 두 개의 얼굴을 지니고 있다. 단점이라고 생각하는 내 생각과 장점이라고 생각하는 타인의 시선이 함께 공존한다. 누군가로부터 당신은 참 좋은 습을 지니고 있습니다라는 말을 들었을 때 나는 속으로 의아해하는 경우가 있다. 평생 고치지 못하는 나쁜 습이라고 생각한 내 입장에서는 황당하기까지 하지만, 상대방은 그런 습이 없어서 불만이었을지도 모른다.

그러나 분명한 것은 우리가 보통 습을 이야기할 때의 습이란, 좋지 못한 것, 그다지 유쾌하지 못한 것, 심하게는 환영받지 못하는 것들을 말한다. 도벽이 그 대표적인 예다.

서두에도 언급했듯이 사람들은 보통 자기의 나쁜 습을 알고 있으면서도 쉽사리 고치지 못한다. 젖어있어서 그렇다. 우선 편하기 때문이다. 또 그래야 마음이 놓인다. 습은 시행착오가 아니라 버릇이기 때문에 그 심각성을 깨닫지 못한다. 또 오랜 시간에 걸쳐 길들여진 것이기에 지금까지 지니고 있던 습을 버리고 새로운 습으로 바꾸기란 여간 어렵지 않다. 그만큼 시간이 또 들어야 습으로 정착할 수 있는 새로운 습, 그것이 과연 좋은 습인지는 사실 단정 지을 수도 없다.

습을 바꿀 수 있는 가장 강력한 탈곡기는 환경이다. 환경이 지배하고 우리는 본능적으로 적응한다. 환경이 바뀌면 흔히 운명이라고 말한다, 습도 어쩌면 일종의 운명으로 받아들여야 할지 모른다.

비밀

누군가에게 비밀이라는 것을 전달할 때 사람들은 대부분 너니까, 너한테만이라는 지칭과 영원히 발설하지 말라는 당부의 의미로 꼭 혹은, 절대라는 부사를 사용한다. 그러나 너에게만, 너니까라는 순간 그 비밀스러움은 무장해제가 되어 그 즉시 처녀성을 잃어버리고 만다. 그래서 나는 꼭, 절대라는 말 대신 당분간이라는 말로 부탁하는데 비밀이 안고 있는 은밀한 의미는 곧 사라지고 조만간 개나 소나 다 아는 소문으로 변질할 것을 잘 알고 있기 때문이다. 일면 더럽기는 하지만 그것은 상대방이 과연 입이 가벼운가 무거운가를 가늠할 수 있는 좋은 계기가 되기도 한다. 그래서 때로는 정말 경이로울 정도로 입이 무거운 사람과 가벼운 사람을 본다. 그것은 입술 두께와 전혀 관계가 없다.

기록은 경신되기 위해 존재한다. 비밀은 발설하기 위해 존재한다. 이상한 논법이지만 문득 그런 생각이 든다. 비밀이 안고 있는 특성상 그 반대로 증폭되는 것이 궁금증인데 흔히 주홍글씨라고 여기는 비밀은 제 아무리 궁금증이 폭발을 해도 좀체 밝혀지기 어렵다. 비밀도 공적 비밀과 사적 비밀로 나뉠 수밖에 없다. 그 견고함에 있어서는 오히려 사적 비밀이 더 단단할 수 있다. 공적 비밀이라는 것은 결국 역사학적으로 밝혀지는 것이 거의 수순이기 때문이다. 하다못해 어느 누구의 회고록에 의해서라도 밝혀진다.

사적 비밀 가운데 대표적인 것이 바로 과거사다. 흔히 무덤까지 안고 가야할 비밀이라고 말한다. 그것이 주홍글씨일 경우엔 그 껍질은 더욱 단단하다. 설령 주홍글씨가 아닐지라도 사람은 누구나 무덤까지 가져가야 할 비밀 한 가지씩은 지니고 있을 것이다. 면죄부를 얻기 위해 비밀을 털어놓는 순간 죄사함을 받는 것이 아니라 당장 천인공노할 사안이 있는가 하면, 누가 들어도 그럴 수밖에 없었음이 인정되는 사안이라면 동정이라도 얻을 수 있다. 그러나 정녕 해서는 안 될 짓을 저지른 일이라면 무덤까지 안고 가는 것이 현명한 처사다.

비밀은 밝혀지기 위해 존재한다.

적당히라는 가치

남녀를 막론하고 말수가 적은 사람을 보면 사람들은 흔히 막연하게 신뢰감을 가진다. 어딘가 깊이가 있어 보여 고매한 인격의 소유자처럼 느껴지기 때문이다. 그렇다면 성자나 성현들은 대다수 입 가벼운 사기꾼일 수밖에 없다. 동서고금을 막론하고 인류사에 있어 그들처럼 말 많은 이들이 없었기 때문이다. 과묵하다고 무조건 호감을 느끼는 것은 참으로 위험한 발상이다. 순전히 개인적인 의견이지만, 지나치지 않는 선에서 적당히 자기 자신을 표현할 줄 아는 사람에게 나는 더 호감이 간다.

위 요지와 약간 엇나가는 내용이겠지만, 평소 떠벌떠벌 말 많은 사람이 남의 비밀을 털어놨을 때 느끼는 배신감에 비해 말수 적은 사람이 입소문을 냈을 때의 그 배신감은 매우 충격이 크다. 다분히 선입견 때문이다. 말 많은 자는 의례 그럴 줄 알았다 여기고 과묵한 자는 절대 그럴 리 없다는 이상한 믿음 때문이다.

말수가 적은 사람의 특징 몇 가지 예를 들어보자. 일단 옳고 그름에 대한 평가를 대체로 유보하는 성향이 짙다. 그래서 곧잘 듣는 소리가 회색분자다. 좀체 속내를 드러내지 않아 나쁘게는 음흉, 응큼한 느낌마저 준다. 비밀이 많은 사람으로 비친다. 조금 앞서 나가면 마치 사연이 많은 사람처럼 보인다. 이런 단정도 다분히 왜곡이겠지만, 이런 오해를 받는 것은 어쩔 수 없다.

적당히라는 선, 참으로 어렵다. 말이 너무 많아도 말이 너무 없어도 극과 극은 어디서든 그다지 환영받지 못한다. 중도나 중용과는 엄연히 다르지만, 이 적당히라는 선이 우리 일상에서 얼마나 훌륭한 타협이며 소통에 있어서 얼마나 중요한 요소인지 깨달아야 한다. 적당히라는 브레이크가 적절하게 작동될 때 욕심이 줄어들고 집착도 사라진다. 꼬리가 길어지는 것은 멈출 때 멈추지 않고 적당히라는 브레이크가 파열하기 때문이다.

여기서 적당히란 무엇이든 대충대충 하라는 뜻과는 전혀 다른 의미다.

불만이 있어도 입 꾹 다물고 사는 부부보다 지나치지 않은 선에서 자기 의사 표현을 적당히 해가며 사는 부부가 오래가는 것이 아닐까. 솔직해야 한다는 이유로 사사건건 불만을 표시하고 그 어느 것 한 가지 참지 못하는 것도 역시 적당히라는 브레이크에 문제가 생긴 건 아닐까. 비단 남녀 간의 애정만이 아니다. 내 주변을 살펴보면 적당히라는 선이 얼마나 괜찮은 가치인가를 깨닫게 해주는 것이 수두룩 빽빽하다.

조용히 자기 일상과 내 가족과 주변 사람들과 사회와 국가와 물질과 명예와 지위와 자기 현실을 살펴보라.

노회

젊었을 때는 선과 악에 대한 호불호가 분명했다. 그러나 나이가 들면서 선과 악의 경계가 희미해진다. 이는 타협이라는 윤활유가 적당한 질량으로 창과 방패를 겸하기 때문이다. 나이가 들면서 비겁해지거나 교활해지는 이유이기도 하다. 노회라는 단어가 그래서 생겼는지도 모른다.

나이가 들면서 희미해지는 또 하나의 경계가 있다. 정치가와 부자가 악당으로 느껴질 때다. 사실 그들의 사회적 위치가 너무나 다르다는 것에 대한 억하심정일 수도 있다. 그렇다고 노회한 것이 꼭 나쁘다고는 할 수 없다. 노회의 순기능을 본다면 보다 합리적이고 이해와 배려, 겸손과 양보의 미덕도 들어있는 것이므로 어떻게 보면 그 기능은 지혜롭다는 말로 대신할 수 있기 때문이다.

그렇더라도 노회한 모습은 어딘지 모르게 참 얄밉다. 한마디로 미꾸라지 같다고나 할까. 아주 곤란한 문제에 봉착했을 때 귀신처럼 빠져나간다. 특히 대인관계에 있어서 문제가 발생했을 경우 본인은 거의 욕먹지 않고 빠져나간다. 적당히 손해보고 적당히 이득을 취할 수 있는 제안에 대부분 이의를 제기하지 않는다. 아니 제기하고 싶어도 끝까지 반대할 명분을 잃게 만들기 때문이다.

풍부한 경험과 적당한 비겁함은 한 발짝 물러남으로써 얻어지는 이득이 무엇인지를 잘 알고 있다. 최악의 경우 노회는 최소한 본전 치기가 가능하다. 자기 열망과의 타협, 사회와의 타협, 대인관계에서 흔히 발생하는 불편한 진실과의 타협은 어느 한편 참 비겁해 보이지만 반드시 용기가 없어서 물러나는 것이 아니다. 후폭풍을 잘 알고 있기 때문이다.

합리화일 수는 있겠지만, 나이 들어 내가 비겁해졌다는 것보다 알기 때문에 물러 서는 경우가 흔하다. 더 중요한 사실은 내가 젊었을 때 그랬던 것처럼 오늘날의 젊은이들이 사회에 대해 정의로움을 대신해 준다는 점이다. 참으로 다행한 노릇이 아닐 수 없다. 젊은 시절엔 노회라는 기운이 끼어들 단계가 아니기 때문이다.

조화옹(造化翁)의 일갈

주장자(柱杖子)를 꼬나쥔 생로병사는 설데친 관용과 자애를 허용하지 않는다. 나르시시즘에 빠진 직립원인이 희로애락을 두고 이러쿵저러쿵하지만, 생로병사는 항상 올곧은 이성으로 참지경(祗敬)에 가까운 태고를 노래한다. 어떤 형태로든 채우고 비울 수 있으며 어떤 변질이든 무한할 수 있는 것, 이것이야말로 조화옹(造化翁)이 지어낸 선(禪)의 경지가 아니고 무엇이겠는가.

날이 갈수록 인연에 대해 깊이 사유하는 시간이 잦다. 참지경을 품고 있는 조화옹이 다가오는 모든 사념들을 내치라 이를 땐 눈앞이 캄캄하다. 그럴 때 인연의 행방이 묘연해 진다. 조화옹은 그 생각마저 버리라 이른다.

그리하여 산허리에 걸린 물안개처럼, 비 갠 뒤에 차오르는 땅 냄새처럼, 늙은 무릎을 보듬어 안고 서걱이는 갈대 궁처럼, 세상의 온갖 시비를 멈추게 하는 새벽처럼, 차고 비는 것에 연연하지 않아도 차고 비는 것은 절로 이루어지나니 인연도 이와 같다 이른다. 시인이 자연의 섭리를 보고 미쳐버리는 소이(所以)이다.

인간만큼 짓고 까부는 동물이 있을까.

비워내기

생각건대 아름답게 꽃 피운다는 것은 아름답게 꽃 피우겠다는 마음을 버릴 때나 가능한 일이었다. 그것은 일종의 비워내기이며 무식할 정도로 단순하고 순수할 때다. 하지만 인생에 대해서 조금은 관대해질 수 있다는 나이에도 버릴 것이 무엇인지 가늠이 안 될 때가 종종 있다. 더러는 명치끝이 아플 정도로 비워내기에 몰입하지만, 그 몰입조차도 비워내기와는 거리가 먼 습관성 놀음일 때가 많다.

비워내기 혹은, 비우기라는 것을 무소유로 직역하는 사람들이 많다. 사실은 엄연히 다르다. 무소유란 불필요하거나 넘치지 않게 소유하는 것을 말함이고 비워내기란 이미 지니고 있던 것을 버린다는 뜻에 더 가깝다. 이렇듯 출발선이 다르다. 출발선이 다르다

보니 막상 실천으로 옮기고자 할 때의 흔들림도 다르다.

비우기는 심(心)으로 시작해서 심으로 움직이고 심으로 결정짓는 행위다. 그 심이 욕심으로 번질 때 화근도 싹을 틔운다. 명예욕, 권력욕, 물욕이 대표적인 케이스다. 그 어느 것 하나 욕심내고 싶지 않은 것이 없다. 애초 아예 무엇이든 없는 자는 욕심낼 수도 없어 더 큰 욕심이 생기지 않을 수도 있겠지만, 이미 지닌 자들은 그 맛을 너무 잘 알기에 더 큰 욕심이 생기기 마련이다. 어떤 면에서는 무소유보다 비우기가 더 어려운 노릇일지 모른다. 손아귀에 있던 것을 내려놓기란 말처럼 그리 쉽지 않기 때문이다. 모범적으로 가장 더러운 꼴을 보여주는 자들이 정치꾼들이며 금수저 출신들이라는 것은 누구나 아는 사실이다.

소소한 욕심들까지 나열할 필요는 없지만, 한 때 남아선호 사상으로 아들놈 하나 보겠다고 여식을 한 타스씩 생산했던 욕심, 성욕이 넘치는 자들은 자칫 성범죄자로 전락하거나 불륜을 밥먹듯이 맺기도 한다. 그게 어떠랴 싶어도 그에 따른 타인의 상처 따위는 안중에도 없기 때문에 문제가 있는 것이다. 막강한 권력을 쥐기까지, 엄청난 부를 축척하기까지 그에 따르는 수많은 희생이 눈에 안 보인다.

배가 잔뜩 부르면 아무튼 몸이 불편하다. 이 불편한 현상이 편한해지려면 배출로 밖에 해결이 안 된다. 차고 넘치면 그 끝은 결국 탈이다. 비우므로 다시 채울 수 있는 것, 넘치기 전에 비우는 것, 무소유가 그렇고 비워내기가 그렇다. 방하착이란 말도 결국은 비워내기의 일환이겠지만, 살다 보면 버리기가 아까워 버리지 못하는 경우가 허다하다. 소유하였으므로 빤히 아는 그 달콤함을 차마 내려놓지 못하는 것이다. 그러나 무소유든 비워내기든 꼭 그렇게 해야겠다는 마음조차 먹지 않을 때나 가능한 일인지 모른다.

나의 거울 타인

생각해 보면 그 어떤 타인도 항상 나의 일부였다. 내가 생각하는 잣대에 비친 타인은 비록 내가 아니더라도 또 다른 나인 경우가 비일비재하다. 그리하여 내가 쥐고 있는 나의 잣대조차 낯선 존재인 동시에 전혀 다른 타인과 동일한 존재이기도 하다. 우습게도 나는 아직 삐걱거리는 生의 계단을 밟으며 그러한 사실을 전혀 모르거나 대단히 많이 알고 있는 사람처럼 종종 썰(舌)을 푼다. 확실히 타인은 나의 거울이다.

연극영화과 출신이 아니라는 이유로 나는 십 년 동안을 배우 수업 기간으로 삼았다. 그 기간 동안 누군가 직업이 무엇이냐고 물어와도 나는 천연덕스럽게 백수라고 답했다. 나를 아는 이들이 대신 말해주지 않는 한 나는 끝까지 백수였다. 당당하게 배우라고 말할 만큼 품이나 격이 갖춰지지 않아서였다. 더 중요한 본질은 배우다워야 한다는 데에 있었다. 그러나 수십 년이 지난 지금도 나는 아직 배우답지가 않다. 답지 않다는 것에 대한 본질을 필설로 설명하기엔 부족한 요소나 걸리는 부분이 있다. 간단하게, 연기만 잘 하면 될 일이지 다른 게 무에 있으랴 싶어도 결코 그렇지가 않다.

늘 목격하는 거지만 확실히 묵은 배우들이 무대에 오르면 무엇인가 꽉 차는 느낌을 준다. 등장 횟수가 적고 대사가 적어도 그 느낌은 사라지지 않는다. 훌륭한 조연이 주연을 압도하는 느낌과 비슷하다. 제법 긴 세월 동안 배우생활을 해오면서 종종 목격하는 것이 있다. 대충 익은 것들의 가벼움이다.

배우 생활 10~15년 차 정도 되면 흔히 중닭이라고 부른다. 햇병아리 껍질은 벗었지만 완숙 단계까지는 아직 먼 길 위에 서 있는 배우를 일컫는다. 그쯤의 경력이면 가장 왕성하게 혹은, 빈번하게 출연을 하는 시기이기도 하다. 연출자들 역시 많이 부르는 층이다. 연출의 의도를 잘 파악하고 연기에 대한 자신감도 붙었을 때여서 중닭쯤에 이르면 열정이라는 이름으로 배고픔을 이겨내는 에너지가 분출하는 시기이기도 하다. 더구나 대한민국의 배우로 뜰 수도 있다는, 아주 희망적인 미래도 엿볼 수 있는 시기이기도 하다. 그런데 이때쯤이면 자주 보이는 광경이 있다. 연습 도중에 후배의 연기를 끊어 몸소 실연을 보인다든지, 구석에 끌고 가서는 호되게 야단을 치며 마치 모든 연극의 고뇌를 자기 혼자 지고 있는 양 일장 연설을 마다하지 않는다. 훈육은 곧 예술이라는 이름으로 바뀌어 더 큰 의미를 부여하곤 마치 큰 어른이 어린아이를 엄하게 다스리는 행태를 종종 보여주곤 한다.

예술 집단의 특성상 후배를 가르치는 것은 사실 뭐라고 탓할 수는 없다. 우리도 줄곧 그래 왔으니까. 한데 이 글의 핵심은 바로 그거다. 줄곧 그렇게 해온 것, 그것이 오늘날 타인을 통해서 내 눈에 비친 내 과거 모습의 일부라는 것. 생각해보니 참 부끄럽다. 내가 그렇게 설칠 때 한 수, 두 수 위에 있던 선배들은 나를 어떻게 보았을까. 가끔 연습을 참관하러 왔던 원로 연극인들의 시각에 나는 어떤 모습으로 비쳤을까. 연극학 박사처럼 줄줄이 쏟아내던 이론들 하며 나만의 것일 수밖에 없었던 사적 관념, 개념 따위까지 들이댄 것을 생각해보니 참 우습기 짝이 없다.

국문과 출신이 아니라는 이유로 나는 습작 기간을 평생으로 잡았다. 지나친 자학 또는 위선으로 비칠 수도 있다. 한 때의 어리석은 짓인지 아집인지 모를 세월로 신춘문예와 문학 월간지에 혼신의 힘을 다해 도전했다가 붓을 꺾었다. 그리곤 등단 문의 깜냥도 안 된다고 여기는 곳에서 등단을 했다. 애초부터 등단 욕심이 아니었기에 큰 감흥은 없다. 막상 출신 학교 따지지 않겠다고 마음을 먹으니 과거의 아집과 현재의 내려놓음이 문학에 대한 정체성에 약간 혼란이 오고 있을 뿐이다.

그러나 정작 하고 싶은 이야기는 이게 아니다. 등단의 문이 상당히 넓어진 것은 맞지만 하루가 멀다 하고 시인들의 탄생은 일상적인 일이 돼버렸다. 시인이라는 견장이 재봉틀에서 수없이 쏟아져 나오는 시대다. 등단에 대한 성취감의 희소성은 떨어지고 양적 팽창과 더불어 저급화의 평준화라고까지 혹평하는 칼럼을 본 적이 있다. 반론을 제기하게엔 지극히 현실적인 지적이고 나 또한 그렇게 느끼고 있다는 점에서 오히려 공감 이백 프로다. 그렇다고 신춘문예에 대한 맹점과 그 허(虛)에 대해서 결코 모르는 바가 아니다.

이 글의 결론이나 다름없는 말이 되겠지만 그렇게 등단한 시인들이 시인이라는 견장을 달고 거의 대동소이한 필력의 갓 시인에게 또는, 자기보다 필력이 월등한 일반인에게 연과 횡이 어쩌구저쩌구 떠들며 마구 난도질을 할 때 비웃음을 넘어 분노마저 치밀어 오르곤 한다. 덜 익은 벼의 속성이라기보다는 문학과는 거의 거리가 먼 일로 삶을 영위하다 어느 날 느닷없이 시인이 된 이들의 공통점이기도 하다. 꼬집어본다면, 시인이라는 타이틀을 견장처럼 달고 있다는 사실이 무척 자랑스럽다 못해 대단한 예술가쯤으로 착각한다는 것에서 기인한다고나 할까. 정말 생업을 포기하고 예술에 종사하던 이들의 입장에서는 당연히 상대적 박탈감과 상실감을 느낄 수밖에 없는 노릇이다.

나이만 먹었지 예술 혹은, 문학의 문 자도 모르던 이들이 쉬운 문을 통과해 시인이라는 견장 하나 달랑 달고 타인의 글을 놓고 이러쿵저러쿵 떠들 때 나는 지난 과거를 돌이켜보곤 한다. 나도 저랬겠구나. 맞아, 저랬어. 이러한 자성과 함께 그럴수록 나를 더욱 옥죄는 것이 있다. 더 습작에 몰두하고 제발 착각하지 말자, 다.

어떻든, 문학에 대한 내 습작 기간은 평생이다.

깊은 江

아무리 강이 넓어도 그 질량에 있어서 감히 바다를 따를 수는 없다. 그러나 더러는 강이 바다보다 훨씬 깊고 무겁게 느껴질 때가 있다. 사람으로 치면 등소평 같은 느낌이랄까. 역사적 인물이라 그의 일상 언행이 가벼웠는지 무거웠는지는 전혀 알 길이 없다. 또 정작 하고자 하는 말과도 조금은 벗어난 비유지만, 왜소한 체구에 비해서 역사적으로 증명된 그만의 무게감을 이야기하는 것이다. 우리가 익숙하게 듣고 보아온 역사적 인물의 공통점은 뭔가 가볍지 않다는 것에 거의 공감을 한다.

어떤 형태를 갖췄든 나는 가끔 조직에서 그런 존재를 목격한다. 공식적으로 그 조직의 대표성을 띤 인물보다 어느 땐 더 대표적인 느낌으로 다가오는 인물이 있다. 결과적으로는 평소 가볍지 않은 언행 때문인데 존재의 가벼움을 자주 드러내는 사람은 말의 가벼움에 앞서 쉽게 변질하는 마음을 경계해야 한다.

말의 성찬을 즐기는 사람들이 있다. 언변이 화려하다. 화술이

능란하다. 입이 동동 떠다닌다. 주위의 시선을 끌고 주목을 받는다. 신기하게도 이런 부류들 대체로 시작은 그럴듯해도 알맹이가 거의 없거나 끝이 별로다. 거품처럼 일어났던 호기심이 급전직하 거품처럼 사라지기 예사다. 마음으로부터 우러나오는 진중함이 없어서다. 마음이 진중하면 말도 진중해진다. 사랑한다는 말을 입에 달고 다니는 사람이 있다. 거짓말처럼 오래 못 간다. 그것은 상대방에게 상처로 남는다. 그러므로 사랑한다고 함부로 뇌까리지 마라. 제아무리 엄숙하게 말을 해도 사랑이라고 다 사랑은 아니다.

그러나 진실로 중요한 것은 좀체 변하지 않는 마음이다. 다소 수다스럽고 말이 앞 설지라도 변질만큼은 없는 것. 변화는 있어도 변질은 없는 것. 어떤 관계든 참으로 오래 유지되는 근간이다.

언어는 그 마음의 경계에서 이탈되거나 고삐가 풀릴 때 럭비공이 된다. 인체학적으로야 언어가 마음(뇌)의 명령을 받아 표출되는 것이긴 하지만 마음과 달리 엇나가는 경우가 종종 발생하는데 이는 마음이 내리는 명령보다 뱉어내는 속도가 더 빨라서일지 모른다. 뇌의 명령보다 빨리 작동하는 혀랄까. 우리가 내뱉는 말이 전부 마음으로부터 비롯한다는 논리도 어쩌면 함정이 있을 수 있다. 그러나 어쨌건 그것이 인체의 구조학적 명령체계일지라도 간혹, 또는 아주 빈번하게 마음과 말의 엇나감이 존재한다는 것은 부정할 수 없는 사실이다.

부정할 수 없는 아주 빌어먹을 사실

내가 어느 방면에 최초라고 생각하며 발을 디뎠을 때 혹은, 최초까지는 아닐지라도 거의 그와 같은 느낌을 갖고 입문을 했을 때 그곳엔 이미 누군가가 까마득한 높이에서 고수라는 이름으로 턱 버티고 앉아 있다는 아주 빌어먹을 사실과 설령 그것이 내 삶의 가치와 버금가는 소중함일지라도 때로는 두려움에 떨면서 맥없이 물러서거나 때로는 과감하게 내쳐야 할 때가 있다는 아주 더러운 사실이다.

시간이 흘러 조금씩 그 실체가 보이게 되면 그곳은 언제나 사람들로 넘쳐있거나 넘쳐나기 시작하는 곳이며 이미 기나긴 역사와 전설마저 존재한다는 것을 깨닫게 된다. 놀라운 것은 언제 어느 틈에 그 정도 경지까지 올랐을까 싶은 인간 하나쯤은 반드시 존재한다는 점이다. 그 존재가 꽤 아득한 존재로 느껴지는 이유는 또 하나 있다. 막상 초보들은 오히려 몇 안 되고 그 방면 나름의 등급이 몇 단계씩이나 존재한다는 사실과 한 등급 위만 보더라도 숨이 턱 막힐 지경이므로 고수라는 위치가 얼마나 까마득한 높이의 존재인지 실감이 나다 못해 아예 상실감마저 느끼게 된다는 사실이다. 대체로 내가 저 걸 하면 꽤 잘할 수 있을 거야. 내가 지금 시작하면 제법 선구자적 입장에 속하지 않을까. 따위의 유혹이 그 방면에는 아직 고수가 존재하지 않을 거라는 오류를 범하게 한다.

이 같은 일은 사업 아이템에서 흔히 범하는 오류다. 정보화 시대이긴 하지만 갖가지 정보가 너무 많아 정보가 오히려 정보를 가리는 수가 있다. 눈을 가렸으니 가끔은 아예 존재하지 않는 아이템이라고 확신까지 들 때가 있다. 뛰어들었다가 곧 망할 집으로 가는 코스가 된다.

도전 없이 새로운 것은 결코 이루어지지 않을 것이다. 그러나 무엇인가 끊임없이 도전하기보다는 오히려 현재 진행하고 있는 일에 더 매진하는 것이 진정 무엇인가를 이루기 위한 지름길일지 모른다. 그것은 곧 그 방면의 고수가 되는 일이기도 하다. 그것도 대를 이어서 하는 일이다. 세계적이라는 타이틀은 거의 한 가지 일에 청춘을 바치거나 대를 이어서 매진할 때나 가능한 노릇이다. 대를 이어오는 기업이나 어느 방면의 장인 정신이 그 좋은 예다.

발

의지와는 전혀 관계가 없다. 음표 하나 빠져도 노래가 되는 것처럼 맞춤형 독방에서 평생을 썩는다. 그의 가치는 항상 일방적으로 버림받는 느낌이다. 최초의 직립이 되기까지 물속에서 육지, 육지에서 가장 높은 산, 심지어 다른 행성까지 정복하는데 일등공신임에도 그 가치에 비해 그 가치에 대한 영광과 스포트 라이트는 늘 얼굴이 차지한다.

그것은 공평의 문제보다 의식의 문제다. 간과 때문이다. 묵시적 동의에 가까운 이 간과는 마치 산소가 우리 생명과 직결된 호스라는 것을 익히 알고 있으면서도 당연히 있어야 하는 것이고, 있는 것이므로 존재감을 느끼지 못하는 것처럼, 존재는 하지만 존재감의 부재가 더 크게 작용한다. 그 가치에 대한 의식을 일거에 뒤엎는 사고는 간단 끔찍하다. 작은 상처쯤은 대충 약 한 번 바르는 것으로 치료는 끝이다.

그러나 예민한 신체부위의 상처와는 사뭇 대우가 다르다. 최소한 등이 깨지거나 잘려나간 목쯤은 되어야 얼마간 혹은, 평생 존중을 받고 산다. 질 나쁜 몇 번의 전생이 엎질러 놓은, 함부로 잘라버릴 이름도 못 되는 생이다.

작게는 한 가정으로부터 크게는 사회와 한 국가에 이르기까지 발 같은 역할을 하는 사람들이 있다. 크게 살펴볼 일도 아니다. 내 주변을 잘 살펴보라. 그러한 존재는 반드시 있는 법이니 그런 존재에 대한 좀 더 큰 사랑과 관심이 필요하다.

바다 거북이

자동으로 대물림받는 주택이 있으니 집 장만으로 절반쯤 또는, 평생 고생할 일이 없다. 비록 몸뚱이 하나 기거할 단칸방일망정 전세나 월세 따위에 마음 번거로울 일 또한 없으니 얼마나 속이 편한가. 악어가죽이나 고목나무 껍질 같은 문양의 인테리어지만 중세기 로마네스크 양식과 고틱 양식을 혼합하여 지은 듯한 돔형의 지붕은 매우 클래식하고 그 견고함에 있어서는 타의 추종을 불허할 만큼 매우 단단하다. 악명 높은 고양잇과 동물의 치악력도 감히 어쩌지 못하는 터라 웬만한 충격 따위에는 파손되지 않는다. 고양잇과 동물에게는 먹잇감보다는 연습용 축구공에 더 가깝다. 알에서 깨어나자마자 각개전투를 몸소 익힌다. 바다로 바다로 향하는 몸짓은 생사를 넘나드는 한 편의 대서사시다. 외형부터 시조와 꼭 닮은 애늙은이다. 네 다리가 곧바로 수륙양용 엔진이다. 발길이 닿는 곳마다 먹이가 있으니 남의 것을 훔치거나 구걸할 필요가 없다. 귀소본능과 장수 비결의 DNA, 직립원인들이 가장 부러워하는 구조다. 반면 가장 잔인한 방법으로 잡아먹기도 한다. 모든 재난이 두렵지 않지만 화재만큼은 별도리가 없다. 얼마나 오래 사는지 몇 세기를 사는 부류도 있다. 그 몇 세기를 보내는 동안 만나는 사랑은 과연 몇 번이나 될까. 얼만큼이나 많은 외로운 뿌리와 손 닿았을까. 한 삶의 역사가 조선왕조 오백 년 역사보다도 깊을 때가 있으니 지상에 존재하는 모든 생명체의 할아버지이거나 할머니다.

연기 論

"연기는 꿈을 여행하는 것이라고 생각한다."

영화배우 러셀 크로우가 어느 해 아카데미 수상식에서 한 말이다. 물론 그의 수상 소감이 이렇게 간단하지는 않았지만 소감 내용의 골자는 그랬다. 어떤 것에 대한 정의를 내리기까지 인문학적 사고와 자연과학 및 사회과학적 사고까지 총동원하여 분석하고 고찰을 거듭하여도 그 정의가 좀체 내려지지 않는 것들이 있다. 이를 테면 사랑이나 인생에 대한 정의 따위다.

수십 년 간 연극배우 생활을 해오면서 그동안 동료 배우들에게 연기란 과연 무엇이냐고 물어봤을 때 선뜻 대답하는 배우는 거의 없었다. 그도 그럴 것이 경험이 축적될수록 연기에 대한 개념이 달라지기 때문인데 나 같은 경우 대충 40년쯤 지나고 나니 정의는커녕 아무 것도 표현할 수 없는 괴물이라는 생각마저 들었다. 그것은 마치 한창 앳된 젊은이가 인생이란 이런 것이고 저런 것이다라고 막 떠들 때 백 세쯤 된 노인이 그냥 헐헐헐 웃는 광경과 매우 흡사한 느낌이랄까. 아무튼 그렇다.

러셀 크로우의 말로 다시 돌아가 보자. 그는 왜 꿈의 여행이라고 했을까. 그의 말에 미진하게나마 촉(觸)으로 느껴지는 부분들이 있다. 연습과 무대 위에서 느껴지는 촉들.

처음 대본을 받으면 배우들은 일정 기간 대본 읽기(리딩)에 들어간다. 작품에 따라 기간은 천차만별이지만 일반적으로는 대략 한 달이다. 이 것은 연극에서 통용되는 과정이다. 그 한 달 동안의 리딩은 희곡으로부터 참 많은 것을 습득하는 여정이 되는데 작품이 전하고자 하는 메시지, 역(役)에 대한 책임과 분석, 상대 역과의 감정 교류, 대사 속에 감춰진 이면(심리)까지 모두 내 것으로 만들어야 한다. 감정이입(디테일)이 되면 대사의 고저와 장단에 따라 연출이 요구하는 것과 배우만이 느낄 수 있는 감정을 조율해야 한다. 촉은 이때부터 본격적으로 다가온다.

일단 시공간이 현실과 다르다. 역사적 배경과 아울러 그 시대의 사회적 문화와 전통적 풍습과 계급이 다르고 신분이 다르며 부여된 나이가 다르다. 이것이 일차적 촉이 된다. 곧이어 분장과 의상을 입으면 이차적 촉을 느끼게 된다. 조명과 세트가 뒷받침 한 무대에 오르면 곧 삼차적 촉과 맞닥뜨리게 된다. 극 속의 시대와 인물로 화(化)함으로써 곧 꿈의 여행이 시작되는 것이다. 가끔 스타니슬라브스키의 배우 수업이나 메소드 연기법이 아니더라도 배우

스스로 신기에 휩싸여 광기 어린 연기를 펼칠 때가 있는데 이는 연습 과정에서 체험하지 못하는 그때만의 신기다. 배우를 흔히 무당에 비유하곤 한다. 실제로 유사한 점이 있다면 무대 위에서 종종 볼 수 있는 독특한 눈빛이다. 그 광선이 매우 강렬해 배우들 눈빛은 대체로 광기가 서려 있다. 그때 완벽하게 몸을 감싸는 것이 바로 촉이다. 결국 여기서 말하는 촉이란, 과거든 미래든 그 누구로부터 유체 이탈 되었던 혼령인 것이다.

꿈의 여행이란 배우만이 누릴 수 있는 특권일지 모른다. 비록 허구이기는 하나 실제로 완벽한 세트를 갖춘 공간에서 주 조연과 수많은 엑스트라가 호흡을 맞추다 보면 꼭 연기가 아닐지라도 실제인 것처럼 착각에 빠져들 수밖에 없는 것이다. 그 착각의 기운이 현실로 이완될 때 글라디에이터의 막시므스! 러셀 크로우가 느꼈던 그 촉, 바로 꿈의 여행이었을지 모른다. 어느 해 연극제 남자 연기상을 수상하면서 나는 수상소감을 이렇게 말했다.

"연기란 과거와 미래의 혼령이 현재로 빙의하는 것이라고 생각한다."

수염

언제부턴가 흑백 진영으로 갈린다. 터럭의 사회학적 DNA 균열인지 분열은 오직 이분법에만 국한한다. 획일적이긴 하지만 흑이 지배하던 시간과 백이 지배하는 시간에는 적어도 다툼이 없이 평화로운 시간을 유지한다. 동일한 에너지와 인자로 모세혈관을 지키는 동안 겉으로는 일단 일사불란하고 평등해 보여 그 어떠한 탄압이나 억압 또한 존재하는 것 같지 않다.

그러나 어느 한 시기가 장악하고 있는 동안 터럭의 밑줄기에 감춰진 사회적 항명성이 서서히 끓어오르며 색깔을 같이 하는 터럭과 힘을 합치게 되는데 이는 반 이념(탈색)의 소산이거나 기존 세력에 대한 반감일 경우다.

여기에 의문점이 생긴다. 검정 터럭은 분명 젊음을 상징하는데 이는 과연 진보일까 보수일까. 그 반대로 반이념(탈색)의 상징으로 부합하는 흰 터럭은 분명 늙어 보이는데 이는 과연 보수일까 진보일까. 그 틈새에 이도 저도 아닌 색깔로 소위 중도를 표방하며 헷갈리게 하는 터럭들도 있다. 그러나 역시 가장 시끄러울 때가 흑백 진영의 분포가 균등을 이룰 때다. 서로 주장이 커지니 목소리가 커지고 은밀하게 포섭과 이간질이 성행하며 내전도 불사한다. 바야흐로 힘의 균형이 서서히 무너지기 시작하는 시점이다. 더러는 강제로 이념을 염색시킨다. 변절을 유도하는 강력한 도구다. 시끄럽고 머리 아프고 보기 싫은 자들은 싹 밀어버린다. 말끔한 쉐이빙(shaving), 아나키즘의 발로다.

여기 대한민국에서 가장 시끄러운 동네가 여의도에 있다. 까만색과 흰색 또는, 반반씩 섞인 터럭들이 한 지붕 세 가족임을 자처하며 밤낮으로 싸움박질해대는 곳이다.

4부 / 그대 이름 언저리 노을이 물들 때

아내에게 쓴 오래 전 편지 한 통

언제부터인가를, 언제부터인가 느낄 즈음, 언제부터인가 우리는 서로 희망을 담보로 하여 절망을 키우고 있었는지 모릅니다. 그것은 예나 지금이나 거의 변화가 없는 내 일상에 대한 자괴감과 청청한 오기로 세상과 맞서 싸우다 기다림에 지쳐 당신 스스로 이골이 난 탓일 수도 있겠지요.

그러나 당신과 전혀 상관이 없는 타인을 미워하고 사랑하는 일보다 몇 곱절 힘들었던 것은 기다리는 일에 능숙해져 초점마저 잃어버린 당신의 시선을 바라보며 애타게 나라는 존재를 각인시키는 일이었습니다. 그동안 당신과 정녕 남이 되기 싫었던 까닭은 당신의 기억 속에서 나를 지운다는 것이 얼마나 힘들고 고통스러운 일인지 당신이 진정 모를 것 같아서였습니다. 그리하여 오늘을 어제처럼 여긴 일에 익숙해진 당신에게 난 늘 미안할 따름이었습니다.

꽃잎이 모두 말라 죽을 때까지 꽃에 물을 주기란 어쩌면 지극히 쉬운 일인지 모릅니다. 그러나 꽃을 피우고자 씨앗을 심고 나무를 키우는 일은 참으로 어려운 일입니다. 그간 당신과 함께한 시 공간이 설령 부족함과 모자람으로 가득 차 있었어도 나는 당신이라는 텃밭에 씨앗을 심고 나무가 되는 심정으로 살아왔음을 이제야 고백합니다.

그런 당신에게 굳이 인연이라는 올가미를 씌워 사랑한다는 말을 서슴없이 사용하고 싶지는 않습니다. 또한 애써 나의 부족함을 감추고 싶지도 않습니다. 그러나 지금까지 당신과 내가 넘어지지 않고 함께 이른 길은 남들이 뭐라 하든 남들이 전혀 눈치 챌 수 없는 우리만의 절절한 수화 통신이 존재한다는 확신이 있었고, 있기 때문입니다.

아아, 나는 오늘도 선명하게 기억합니다. 내 운명의 길섶에서 당신과 우연히 마주친 그날을.

내 인생의 바구니

손바닥 안에 감춰둔 내 팔자소관을 나 몰라라 할 수는 없어 넋은 경건하되 오래된 칡뿌리처럼 여기저기 튼 마음을 계급장 삼아 지나온 날들이 이제 어느덧 인생 초겨울이라니 앞으로 내 인생의 바구니 속에 몇 올의 사계가 담길지 도시 알 수가 없다. 돌이켜 보면 참으로 대숲에 켜켜이 성근 풀빛처럼 살았다마는 어리석은 육신과 맺어진 인연들에게 못내 죄스럽다. 살아 눈부신 날들이 많았건만 그런 날엔 왜 生을 통으로 보는 혜안이 부족했는지.

인연이 쇠하면

손때가 반질거리는 흑단(黑檀)은 크기가 엄지손가락 절반만 했다. 가운데에 옴자 문양이 새겨진 그것은 스타니슬라브스키의 메소드 연기를 공부하러 구소련으로 떠났던 제자로부터 제법 오래전에 받은 선물이었다. 올해 벌써 40대 중반이 된 그녀가 네팔에 있다며 메일로 소식을 전하는 끝에, 목걸이는 잘 있느냐고 물었다. 뒤통수에 슬금 식은 땀이 흘렀다.

오랜만에 도자기를 굽는 친구에게 갔다. 영양가 빠진 그의 긴 머리칼은 끝이 갈라져 있고 마치 탈색이 된 양 색깔이 황소 빛이었다. 내가 턱수염만 유달리 하얗듯 그는 콧수염만 유달리 까맸다. “씨부리지 마라, 나는 알고 있다”로 인근지역에서 유명한 그가 요즘은 “묻지 마라, 아는 게 없다”로 일관한단다. 목구멍이 포도청이라 찻집이랍시고 차려놨지만 퀴퀴한 냄새가 진동하는 곳이다.

그의 가마로 갔다. 장작으로 불을 지피고 풀무질을 하는 그의 곁에서 콩팔이 새팔이를 찾다가 아궁이에 엎드려 장작 하나를 낼름 넣었다. 불장난 비슷한 것에 재미가 붙어 아궁이를 쑤석대는데 갑자기 목구멍 근처가 불에 데인 듯 뜨거웠다. 화들짝 놀라 목을 보니 목걸이에서 연기가 모락모락 피어오르고 있었다. 대략 삼분의 일이 탄 듯 싶었다.

그녀의 얼굴이 떠오르고, 스타니슬라브스키가 떠오르고, 구소련이 떠올랐다. 그리고 대략 17년이라는 세월이 흐른 것까지. 아아, 젠장할. 이걸 우짜몬 좋노. 망연한 기색으로 앉아있는 나에게 친구가 대수롭지 않게 입을 열었다. 머시 우째. 고대로 해노모 돼제. 본래 서각이 전공이었던 그의 눈엔 정말 대수로운 일이 아닌 것 같았다. 이삼일 후에 찾으러 오란다.

감쪽 같았다. 이리저리 아무리 살펴봐도 예전의 모습 그대로였다. 친구의 재주에 놀라움을 금치 못하고 그의 찻집에서 막걸리를 거나하게 마셨다. 잘 먹지도 못하는 홍탁을 몇 개나 시켜가며 원상복구 값을 치렀다. 친구 놈은 뭔 놈의 홍탁을 그리도 잘 먹는지 원. 삭아도 아주 곰삭아서 나는 숨이 컥컥 막힐 지경인데 놈은 그저 게 눈 감추듯 꿀꺽꿀꺽 잘도 넘긴다.

집에 돌아오는 길에 버스 안에서 나는 계속 목걸이를 만지작거렸다. 그러다가 느낌이 이상해 다시 한 번 유심히 살펴봤다. 그렇군. 어쩐지 느낌이 예전 같지 않더라니. 교묘하게 살을 붙인 부분이 어딘가 미세하게 껄끄러웠고 반질거리던 손때가 그 부분만 사라진 게 아닌가. 겉표면에 유약을 발라 광택까지 냈건만 감촉으로 느껴지는 그 반질거림은 아니었던 것이다.

색소폰 연주자를 오랫동안 애인으로 삼고 지내던 여류화가가 있었다. 이승을 떠난 지 이 년이란 세월이 흘렀건만 아직도 슬픔에 싸여있는 그녀는 요즘도 하얀 링거와 노란 링거에 의존하고 산다. 여기서 링거란 소주와 맥주를 일컫는다. 손전화기가 울리고 주점, 이별의 부산정거장에서 보잔다. 앉자마자 권 커니 잣 커니 하다가 그녀의 눈물로 1부가 끝날 즈음, 내 목걸이에 그녀의 시선이 계속 고정되고 있었다.

주랴. 응, 나 줘. 그 사람이 차고 있던 목걸이하고 너무 똑 같아. 나는 두 말도 않고 그녀에게 벗어주었다. 자리를 파하고 집으로 향하는 언덕을 오르면서 나는 생각했다. 인연이란 이런 거라고. 더러는 이렇듯 배신을 하는 거라고. 제자와 친구에게 미안한 마음이 들었지만, 목걸이는 새로운 인연을 찾아서 간 것이다. 사물이든 사람이든 쇠한 인연을 끝까지 지키려고 한다면 우리가 흔히 말하는 집착으로 번질될 공산이 매우 크다.

그때는 왜

돌이켜보니 인간의 운이란 게 참 묘한 장난을 하는 것 같아 때로는 커다란 상실감에 젖기도 하지만, 몇 번쯤 내 생애에 빛날 법한 일들이 살짝 비켜 가는 것을 경험하고는 내 주위에 준비된 자들이 어둡게 있으면 나는 까닭 모를 목마름으로 그들보다 더욱 조갈증을 느끼곤 한다. 가난한 예술가의 멋스러움은 이제 낡은 추상이 돼버린 이즈음 그 추상적인 멋스러움에 안주하기란 현실이라는 놈이 매우 냉혹하고 그 냉혹한 현실이 섬뜩한 각성을 요구할 때 내가 왜 진작 나와 연을 맺은 사람들을 위해서라도 될 수 있으면 비굴하지 않게, 이미 비굴한 것이지만, 세상과 조금이라도 타협을 하지 않았을까, 라는 자괴감에 종종 곤혹스러워질 때가 있다.

그것을 굳이 회한이라고까지 말하고는 싶지 않다. 친구 딸에게 명도와 채도를 설명하는 내 옆에서 자기 딸 운동화를 꿰매어 주는 친구를 바라보며 저 모습이 진짜 아버지라는 사실을 의식적으로 은근슬쩍 뭉개버리던 것 하며 당신을 사랑하기에 당신이 원한다면 더 큰 사랑으로 당신을 보낼 수 있다는 식의 퍽 유치 찬란한 대사를 아내에게 함부로 내뱉었던 것 하며 세상의 아버지 혹은 세상의 남편이라는 위치는 까마득하게 잊은 채 후배들에게 몰리에르와 셰익스피어, 브레히트와 스타니슬랍스키를 들먹이며 거나해진 알코올 기운으로 이현령비현령 하기 일쑤였던 나는 과연 철이 들면 죽을 것인가 죽으려면 철이 들어야 할 것인가.

방귀

방귀, 사전적 의미로는 뱃속에서 음식물이 발효되면서 생겨 똥구멍으로 나오는 구린내가 나는 가스라고 표기돼 있다. 사전 치고는 참 퍽이나 고상한 표기다. 천승세의 단편소설 [오동추야]의 첫 대목을 보면 상황이 대충 이렇다.

"니기미, 한다한다 항께로 너무 하구망? 아무리 쓰잘데 없는 예펜내라고 역불러 지집 사추리에다 꿔어댈 것은 므시여!"

"도깨비 같은 지집년 하고는, 이잉~ 쯧쯧, 이녁도 모르게 새는 방구를 뭇헌다고 니년 사추리에다 대고 내 갈긴다냐? 속창아리가 고렇게 베베 꽤싸면 못쓰능 거여,"

"그래도 기분상으로 틀린 문제제잉.... 너머 하구망. 한정 놓고 시피봉게로 그라제잉. 에헴~!"

"나 방구 고렇게 유식이 분별허지는 못항게로 안심 놓더라고. 쌀매들 년아, 한칸 셋방 속에서 방구 불을 자리가 으디 따로 있디야? 에잉, 즘생 같은 지집년하고는!"

“아, 알았어, 아았당게로. 그만 나불대도 다 안다고..... 한방이면 또 몰라. 아 그저 몇 십 방을 불어 대냔 말여 ? 뱃가죽이 다 얼얼하당께.”

“주둥이 봉하라는디도 저 년이?.... 아니 그래, 냄편 잠결 방구가 그리 드럽고 절통허냐? 참말? 엉?”

“음마? 으째 소락대기를 치고 이 난리라냐? 드럽다는 것이 아니여. 사람을 너머나 무시해뿐다 이거여.”

“니기미 쓰발녀언~~ 쫑알대는 택아지를 한방 받아뿐질라!”

우리는 이 정도는 아니지만, 이불 속이 때로는 진짜 화생방 교육실이나 다름 없다. 나도 당연히 방귀를 끼지만 우리 거룩하신 싸모님은 이상하게 자면서 방귀를 곧잘 뀌어댄다. 자다 깬 적이 한두 번이 아니다. 어느 땐 가스레인지가 새나 싶어 자다 일어나 레인지를 살펴본 일도 여러 번 있었다.

군사강국만 핵탄두를 보유한 게 아니다. 거룩하신 싸모님 궁디 속엔 분명 핵을 장착한 대륙간 탄도 미사일이 하루에도 수십 발이 생산되는 것 같다. 오늘 새벽에도 내 앞에서 자던 싸모님이 아무런 경고도 없이 미사일을 발사했다.

이놈의 미사일은 스텔스 기능이 장착된 데다 거의 무음이라 속수무책이다. 순전히 내 후각에 의존할 수밖에 없다. 슬쩍 피어오르는 냄새에 뜨악해진 나는 시상이고 나발이고 후다닥 그 자리를 떴다. 아~! 거룩하신 싸모님으로부터 하루 일용할 용돈을 하사받는 약소국가의 서러움이여.

사소한 것에 대한 부러움

소공자 소공녀를 읽었다고 자랑하는 아이보다 만화방에서 죽치고 앉아 있는 놈들이 참 부러웠다. 얼굴에 버짐 자국과 머리에 땜통을 훈장처럼 달고 다니는 친구 놈이 막대에 낀 설탕 덩어리를 하루 종일 핥고 다닐 때 혹시 나도 한 번 핥게 해주나 싶어 꽁무니를 졸졸 따라다니며 온갖 아양을 떨었다. 그러나 뭐니 뭐니 해도 제일 부러운 놈은, 운동회 때 삶은 계란을 싸오는 놈이었다. 어디 으슥한 곳에 데려가 패주고 싶을 정도로 부러웠다. 딱 한 가지 부럽지 않았던 것은 내 또래들에 비해 변성기가 가장 먼저 왔을 때였다. 짜식들이 영 코흘리개로 보였다.

까까머리 시절, 성기에 유난히 털 많이 난 놈이 은근 부러웠다. 내 나이답게 보통이었던 내 털을 보고 부러워하던 놈도 있었다. 어찌 된 영문인지 그놈은 성기에 잡초만 성성하게 나 있었다. 여드름이 없으면 진화가 더딘 거라 여겼던 나는 얼굴에 멍게 같이 난 놈들을 부러워했다. 도무지 어른이 될 것 같지 않은 두려움 때문이었다.

수학을 잘 하는 놈보다 국어를 잘 하는 놈이 너무 부러웠다. 콩나물 대가리 잘 아는 놈보다 노래 잘 하는 놈이 부러웠고 그림 잘 그리는 놈과 운동 잘하는 놈이 훨씬 매력적으로 보였다. 그런 가운데 나를 부러워하는 놈들도 있었다는 것을 나는 전혀 눈치채지 못했다.

엉뚱한 것에서도 나는 부러움을 느낀 적이 있었다. 라면의 알짜배기는 국물이라며 한 방울도 안 남기고 마셔버리는 놈이 부러웠다. 외동아들임에도 일 년 삼백육십오일 용돈 한 푼 안 주는 짠돌이 아버지를 졸라 라면을 처음 먹어보던 날, 국물이 진짜라는 말을 철석같이 믿었던 나는 필요 이상 물을 가득 붓고 라면을 끓였다. 결과는 빤했다. 알짜배기 맛은커녕 밍밍한 국물로 배만 잔뜩 채웠다. 친구 놈을 향해 나는 지구 상에 존재하는 모든 욕설과 온갖 저주를 다 퍼부었다.

짜장면 먹으면서 당구 치는 놈들이 엄청 부러웠다. 전문서적 몇 권 든 가방을 통째로 맡기고 당구 치면서 짜장면을 시켜먹었다. 가장 부러운 놈들은 여동생이나 누나가 있는 놈들이었다. 더러 친구 누나를 생각하곤 몽정도 했다. 형제도 없이 외아들이 겪는 외로움의 극치였다. 그 외로움은 언제나 이성을 향해 있었다. 러브레터를 주고받는 친구 놈이 그렇게 부러울 수가 없었다. 대상도 없이 수많은 연애편지를 썼다. 그것도 아주 열심히 썼다. 어느날부턴가 나는 친구놈들 연애편지를 대필해 주고 있었다. 문예반에서 활동했다. 느닷없이 국문과를 나온 놈들이 부러워지기 시작했다. 아니 시인과 소설가가 부러웠다. 부적도 못 알아보는 귀신처럼 무식하게 신춘의 문을 두드렸다. 그 어린 나이에, 그때부터 나는 부러움의 대상을 내 꼴림으로 전환시킴으로써 내 운명의 대의에 변곡점을 가하는 시기였다.

기타 치고 노래하는 놈들이 부러워 나도 기타를 배우고 노래했다. 명동 쉘부르에서 아르바이트로 뛰었다. 생명은 짧았다. 군 제대 후 독하게 마음먹고 신춘문에 도전을 이어갔다. 꼬박 십일 년을 채우고 붓을 꺾었다. 상실감 따위 느낄 새 없이 영화배우보다 연극배우에 눈길이 사로잡혔다. 부러웠다. 늦깎이 배우로 입문을 하곤 평생 가시덤불 속에서 헤매었다. 내 꼴림의 대상들은 하나같이 물질하곤 거리가 멀거나 아주 가까운 것들이었지만, 내게는 늘 먼 거리에서 둥둥 떠다니는 섬이었다. 아니 거짓말처럼 물질에는 관심이 없었고, 지금도 없다. 그러나 나를 두고 가끔 안빈낙도 어쩌고 떠드는 것은 실로 개똥 같은 소리였다. 시쳇말로, 떴으면 그런 소리가 나오겠는가. 끈질기게 빈곤하니 자연스럽게 위로차 던지는 말일뿐,

나는 오늘도 글 잘 쓰는 놈들이 부러워 새벽에 발기하는 단어들을 붙잡고 밤새 수음하고 있다.

구순 엄니와 환갑 아들

아주 오래전부터 심심찮게 그랬던 것처럼 나는 아내에게 글 작업임을 내세워 며칠 어디 다녀오겠노라 했다. 세월이 그렇게 흘렀건만 아내의 순진무구함은 아직 젊은 시절 못지않다. 요즘 장사가 통 안 된다며 천 원짜리 몇 장 남기곤 지갑을 턴다. 이럴 땐 언제나 뒤통수가 몹시 따갑다. 예전에도 글 작업임을 앞세워 몇 번 가출을 했지만 결국 거의 구라에 가까운 여행에 지나지 않았기에 뒤통수는 곱으로 따가웠다.

땅을 여는 꽃들이 지천으로 피고 있었다. 이팝나무에 홀렸던 안구와 라일락 꽃 향기에 취했던 콧구멍이 제자리에 돌아온 지 얼마나 됐다고 어디선가 날아드는 아카시아 향기가 머리까지 몽롱하게 만들었다. 정해진 곳이 없으니 운전대 꺾는 방향이 곧 가고자 하는 곳이었다. 무슨 습처럼 무작정 동해남부선을 탔다. 올망졸망한 작은 어촌들 풍광이 한 폭의 수채화처럼 펼쳐졌다. 햇살은 더없이 두터웠고 눈이 아프도록 시퍼런 바다가 이어졌다. 맑아지는 것과 청정한 느낌이 온몸을 타고 돌았다. 뭔가 조짐이 좋아 보였다. 이 정도 환경이라면 단박에 소설 한 권이라도 쓸 수 있을 것 같았다.

어디쯤이었을까. 음악을 크게 틀어놓고 잠시 길거리 커피 한 잔을 마시며 바다를 보고 있었다. 역마살로 둥둥 떠다니는 바다, 뼛속까지 시원한 해풍이 온몸을 감싸며 나를 들어 올리는 것 같았다. 작은 숲과 도로만 죽 뻗은 곳이었다. 무심결에 언덕을 바라보는 순간, 까만 도로 위에 뭔가 꼬물거리는 듯한 물체가 보였다.

시력이 나쁜 탓에 마치 벌레가 꼬물대는 것처럼 보였지만 분명히 사람이었다. 걸음걸이는 아주 느렸고 굼떴다. 그것도 중앙선만 밟고 걸어가고 있었다. 마침 반대편에서 오던 차량 한 대가 경적과 동시에 쌍라이트를 번쩍이며 경고 신호를 보냈다. 갑자기 마음이 급해졌다. 들고 있던 커피잔 아무렇게나 확 던지곤 다급하게 차를 몰았다.

허리가 거의 구십 도로 꺾인 할머니가 중년 남자와 지팡이 끝을 서로 잡고 걸어가고 있었다. 그러니까 할머니가 지팡이 앞을 잡고 남자는 뒤를 잡은 형태였다. 앞장선 할머니를 의지해 지팡이를 잡고 따라가는 남자, 차창을 열고 내가 어디까지 가느냐고 물었을 때 나를 바라보는 남자의 시선이 좀 이상했다. 나를 정면으로 응시하는 것이 아니라 대충 허각으로 바라보는 시선이었다. 얼핏 짚이는 것이 있어 걸음을 멈춘 그들을 일단 차에 태웠다.

언덕을 넘어 십분 쯤 달리자 할머니는 산으로 나 있는 길 앞에 세워달라 했다. 비포장이지만 차 한 대는 다닐만한 폭이었다. 집까지 모시겠다며 차를 몰았다. 비포장 도로를 또 이십여 분, 인적이 드문 곳에 아주 허름한 집 한 채가 달랑 있었다. 스레트 지붕 한쪽이 거의 내려앉은 채 사방이 비닐로 쌓인 집이었다. 자동차로 삼십여 분을 달려왔으니 걸어서 왔다면 상당히 먼 거리에 속했다.

목마름을 핑계 삼아 물 한 컵 청하고 잠시 눌러앉았다.

할머니 연세는 구순, 중년 남자는 아들인데 환갑이랬다. 아들이 앞을 못 보는 장님이랬다. TV를 켜 놓은 채 외출했던 모양이다. 갑질로 온통 사회적 공분을 사고 있는 모 그룹 회장 딸들과 마누라 이야기가 마구 쏟아지고 있었다. 이곳까지 전기가 들어온다는 게 신기할 정도였다. 할머니는 물어보지도 않은 이야기를 줄줄이 뱉어냈다. 아들 장가가는 것을 꼭 보고야 숨을 거두겠다는 할머니는 꼭 보겠다는 일념 때문인지 아직 살아있다며 허한 웃음을 지었다. 웃을 때 거의 빨간색만 보이는 입, 치아가 겨우 두세 개 달려 있다. 어떤 행사장인 듯한 장면에서 포만감에 잔뜩 부푼 표정으로 연신 미소를 참지 못하는 갑질 딸들의 모습이 겹쳤다. 아들이 당뇨에 고지혈증까지 있어서 오늘 병원에 다녀오는 길이라고 했다. 앞을 못보니 허리도 펴지 못하는 엄니가 길잡이 노릇을 했다. 언젠가 아들이 엄니를 업고 병원을 다녀오다가 돌부리에 걸려 넘어지는 통에 한 달 동안 할머니가 꼼짝도 못 했다고 한다. 그때 아들은 엄니 돌아가시는 줄 알고 매일 울었단다. 공사장에서 사람을 밀치고 서류를 집어던지는 갑질 싸모님 모습이 방영되고 있었다. 기초생활수급과 간혹 구청 복지과에서 베푸는 온정으로 하루하루 살아가는 모자, 국수값보다 거기에 들어가는 양념값이 아까워 거의 라면으로 때운다는 이들에게 현실은 너무나 가혹한 형벌 같았다. 세상에 오는 순서는 있어도 가는 순서는 없다고 했으니 모자 가운데 누구든 먼저 세상을 뜬다면 필경 남은 사람도 오래 살지는 못할 것 같았다. 탈세와 밀수가 의심된다며 관세청에서 전격적인 조사가 이루어진다는 발표가 나온다. 큰 딸과 작은 딸 관상을 보니 하나는 영판 무수리고 하나는 천박하기 이를 데 없는 상이다. 참으로 대운을 타고난 금수저들이다. 저들이 과연 없는 사람들의 고충이나 고통 따위를 생각이나 할까. 갑질 싸모님 상판대기는 더욱 가관이다. 표독한 상에 아집으로 단단하게 응고된 석고 같다. 주체 못 할 정도로 축적한 물질 때문에 오히려 상이 변한 듯하다. 할머니가 손님 배고플 거라며 부엌으로 나가자 아들도 따라나갔다. 라면 한 그릇과 노란 단무지만 달랑 놓인 상이 들어왔다. 라면엔 식초를 뿌린 단무지가 제격 아닌가.

아내에게 구라를 쳐서 받은 돈의 액수는 나도 정확히 모르지만 차를 타기 전에 나는 주머니를 몽땅 털어 할머니 손에 꼭 쥐어드렸다. 그러면 안 된다며 홰홰 손사래를 치는 할머니, 나는 그 순간 왜 다 시들어버린 할미꽃이 떠올랐을까. 어릴 적 내 할머니는 왜 떠올랐을까. 둘 다 할머니라서 그런가 어딘지 모르게 영판 닮은 듯했다. 내 차가 사라질 때까지 모자는 집 앞에 오도카니 서 있었다. 움막 같은 집을 등짐 지고 서 있는 듯한 그들이 시야에서 멀어질수록 그들은 빛바랜 사진이나 판화 속의 인물 같았다.

아무리 생각해도 삶은 결코 공평하지 않다. 내가 아내에게 늘 구라를 치고 쏘다니는 것처럼.

우리들의 일그러진 씨방새

"우주 상회(雨酒商會)"

바뀐 간판 이름이었다. 한자를 보곤 실소를 금치 못했다. 비 오는 날 술을 마시면서 대체 무엇을 판다는 것일까. 누군가 또 무식한 조 사장을 살살 꼬드겼을 터였다. 필경 유식한 박 부장 짓 같았다. 상사(商社)라는 명칭이 필요했다면 사단법인 승인이 필요했을 터였고 승인을 받으려면 거기에 상응하는 서류가 필요했을 터인데 거의 백수 모임이나 다름없는 이 조직이 무슨 이력이 있다고 승인을 얻을 수 있으랴. 우주 상회를 통틀어 가방끈이 가장 긴 박 부장은 한 때 모 국회의원 보좌관이기도 했다. 국회의원과 군의원 선거까지 치르면서 조 사장은 돈의 위력을 실감했을 것이고 출근 때마다 마치 조폭들처럼 좌우로 서서 인사하는 직원들을 보곤 거하게 흐뭇하였을 것이다. 그 맛을 떨칠 수가 없어 선거 때 임시로 모였던 동네 후배들 모두 직원이라는 명목으로 채용했다. 각자 자영업을 겸하고 있으니 봉급은 용돈 수준이었지만 그 누구도 이의를 제기하거나 불만을 품지 않았다.

이 시대에 참 기가 찰 노릇이지만 업무라는 것이 고작 출근도장이나 찍고 조 사장 호출이 있으면 모였다가 저녁이면 주구 장창 음주가무로 일과를 마치는 게 고작이요 월급이라는 명목으로 용돈까지 주니 이 같은 직장이 지구 상에 어디 있으랴. 한 마디로 어느 졸부가 돈을 줘가며 병정놀이를 하고 있는 셈인데 직원들은 공짜로 술 마시고 돈까지 받으니 좋고 조 사장은 꿈도 꾸지 못했던 직장 상사 노릇을 할 수 있으니 서로 원하는 바를 채워주는 누이 좋고 매부 좋은 우주 상회였다. 장난기가 발동한 박 부장이 번개처럼 떠오른 간판 이름 우주 상회, 직원들이야 무슨 뜻인지 알고 있었지만 무식한 조 사장을 배려한다는 차원에서 무조건 멋진 상호라고 추켜 세웠고 우주 상회는 간단하게 우주회(雨酒會)로 불렸다. 완벽하게 비 오는 날 술 마시는 모임이었다.

초대받아 간 날 창문을 통해 살그머니 안을 들여다보니 조 사장을 정점으로 직원들이 회의 석상에 둘러앉았고 그는 한참 열을 올리는 광경이었다. 희미하지만 내용은 비교적 정확히 들렸다.

"한다 한다 헝게 너머들 하구망~ 아, 먼님의 술들을 요리 찌끄러 부렀다? 요본 달 술값이 이천 만원이여, 이 천! 하, 얼척 읎네잉~ 암턴, 너~~무들 마셔! 어이, 장 과장 워티기 생각혀?"

무슨 대답을 어떻게, 뭐라고 할 수 있으랴. 일 년 삼백육십오 일을 거의 본인 주도 하에 이뤄지는 밤무대 생활이고 어느 땐 휴일조차 직원들을 불러내 퍼마신 주범이 바로 본인이었다. 이런 타박 한두 번 들어본 바가 아닌 듯 직원들 표정은 대부분 심드렁했다. 직장 아침 회의가 한 달 술값 질타라니 코미디도 이런 코미디가 없었다. 글도 모르는 조 사장은 펼쳤던 장부를 신경질적으로 덮곤 잠시 휴식을 선언했다.

복도로 나오는 직원들과 마주쳤다. 그들의 입에서 탄식처럼 쏟아져 나오는 단어는 한결같이 "씨방새"였다. 자판기에서 뽑아낸 커피를 홀짝이며 나도 덩달아 씨방새 맞지 뭐, 했다. 직원들끼리 사용하는 조 사장 별명이었다. 그의 별명이 당나귀에서 씨방새로 바뀐 지 몇 달쯤이었다. 별명을 오래 사용하면 눈치챈다는 이유에서였다.

일체 무식하지만 돈은 있고, 직원들은 있으니 사장 노릇은 하고 싶고, 몇 년간 병정 놀이를 하니 그 맛을 잊을 수는 없는 그에게 얼렁뚱땅 기분 맞추려니 자존심이 상한 직원들이 생각다 못해 지어낸 별명이 임금님 귀는 당나귀 귀에서 싹둑 잘라버린 통칭 당나귀였다. 아예 학교 문턱도 가 본 적 없는 조 사장이 그 우화를 알 리가 없다는 확신 때문이었다. 장 과장의 친절한 설명인즉슨, 당나귀는 곧 임금님을 뜻하는 것이므로 사장님을 곧 임금님처럼 모시기 위해 지었다는 취지를 듣곤 그 말에 도취된 조 사장의 건배사는 늘 술잔을 높이 들고 있는 힘을 다해 외치는 당나귀~! 였다.

그 건배사가 지금은 씨방새로 바뀐 것이다. 상상만 하여도 콧물이 터질 코미디였다. 상상해 보라. 술잔을 높이 들고 일제히 소리치는 씨방새~! 를.

곧이어 경리의 부름에 나도 함께 들어갔다. 반색을 하며 반기는 조 사장과 박 부장의 인사를 받고 자리에 앉았다. 연중 행사처럼 나가는 외국 여행에 관한 토의였다. 뚜렷한 이유를 알 수는 없지만 조 사장은 꼭 나를 동반하고 다녔다. 딱히 거절할 이유나 명분도 없었다. 왕복 비행기표와 숙식비를 모두 그가 지불했다. 나는 그저 따라가기만 하면 되는 일이었다. 유럽은 꿈도 안 꾸고 오로지 동남아 일대만 다니는 여행이지만, 그 이유도 실은 비용 절감 차원과 코쟁이 나라는 무조건 거부하는 조 사장 때문이었고 한국 화폐와 달러를 쥐고 흔들어대는 포만감이며 가난한 나라에 대한 얕봄이었다. 예전에 섬나라 원숭이들이 기생 관광차 한국에 오는 일과 너무나 닮은꼴이었다.

몇 나라를 지명하곤 한창 갑론을박하던 조 사장이 갑자기 말문을 막곤 아주 신경질적이고도 몹시 화가 난 표정으로 뜬금없는 질문을 던졌다.

"어이, 김 과장! 나가 쪼까 궁금헝거시 있는디 씨방새가 진짜루 먼 뜻이여?"

지목당한 김 과장은 물론 모두 꿀 먹은 벙어리가 되었다. 다들 서로 눈치를 보며 머뭇거렸다. 모두 당황한 기색이 역력했다. 그 짧은 틈새에 나는 그들의 표정을 읽을 수 있었다. 올 것이 왔구나. 눈치챘나? 누가 말한 건가? 그때 괜히 바튼 기침을 연발하던 박 부장이 나섰다.

"저.... 사장님요. 그기 마 이렇심더. 사람이락 카모 사람마다 와 조상들이 안 있십니꺼? 바루 그거라예. 사장님도 조상이 안 기십니꺼. 새도 조상이 있닥 캅니더. 그라이까네 새의 조상을 조상새락 카고 그 조상새의 조상새를 씨방새락 카능 기라예. 이바구 딱 정리해가 한 마디로 임금, 회장, 뭐 대빵 이런 뜻잉 기라예"

어렴풋이 기억나는 영화 속 대사였다. 그것도 사뭇 진지한 어조로 말을 하니 제법 그럴듯하게 들렸다. 찌푸린 미간이 슬며시 펴지며 조 사장의 안면 근육이 풀어졌다. 참 간단한 사람이었다.

"그려? 긍게 나가 대빵이다 요말이여? 아하, 근디, 이쁜이 요 상녀러.... 아니, 고 쌀매들년은 왜 욕이라고 빽빽우기능 겨? 거 참."

이쁜이라고 지칭하는 여자는 조 사장의 네 번째 여자였다. 최근에 헐레 붙은 사이였다. 주말이고 하니 다들 시원한 맥주나 한잔

하자면서 일찌감치 자리를 털고 일어났다. 바닷가 근처 음식점에서 우리는 평소보다 더 높이 술잔을 들고 목이 터져라 외쳤다. 조사장이 씨방새~! 하면, 우린 모두 우렁차게 위하여~! 를.

졸부(猝富),

사전적 의미로는 갑자기 부자가 된 사람을 일컫는다. 갑자기 부자가 되는 행운도 실은 흔하지 않은 운명을 타고난 사람들이다. 시절과 연이 기가 막히게 맞아떨어진 덕이니 그게 어디 쉬운 노릇이랴.

그는 수십 년 전 소형 통통배를 끌고 다니던 어부였다. 코흘리개 아이 넷과 억척스러운 아내와 하루하루 고기잡이로 연명을 했다. 게다가 낫 놓고 기역 자도 모르는 문맹이었는데 선대로부터 물려받은 것이라곤 아무 짝에 쓸모없는 갯벌 수만 평이었다. 양어장을 만들거나 농사를 지을 수도 없는 아주 모호한 땅이라 그야말로 서류상에만 존재하는 땅이었다. 그러나 그가 막 환갑이 되던 해 그야말로 날벼락 같은 일이 벌어졌다. 정부 시책으로 그 쓸모없던 수만 평이 매립지로 선정되면서 그적의 형편상 그는 졸지에 큰 부자가 된 것이다. 그 시기가 대략 20여 년 전이었고 내가 그와 처음 만난 해였다.

2~3년이 지나면서 그의 생활에서는 수많은 변화를, 아니 진화를 거듭하는 징후가 뚜렷하게 나타났다. 고급 아파트, 고급 자동차와 운전기사, 가사도우미와 자식들의 보금자리까지 소위 가난의 땟국물을 차례로 말끔하게 걷어내고 있었다. 그 와중에 그의 인생에 변곡점을 맞이하는 시기가 또 한 번 찾아왔다. 정치 브로커와의 친분 맺기는, 지금까지 국도를 따라 무엇인가를 만끽하던 분위기를 갑자기 고속도로 위를 달리게 하는 터닝포인트가 되었다. 목적지에 도착할 때까지 긴장의 촉수를 거둘 수 없는 살벌한 운전처럼.

변태를 거쳐 명품 옷으로 껍질이 바뀌었다. 흰 와이셔츠 카라에 목 기름때가 묻어 있거나 투박한 거북 등 손과 손톱에 때가 있어도 몰랐다. 좋은 구두인 것은 알겠는데 꼭 진창을 밟은 듯 늘 흙투성이었다. 워낙 마른 체형이라 찰리 채플린이 입은 옷 같았다. 머리는 기름으로 떡을 쳐 올 백을 하고 깍두기처럼 옆머리를 바싹 깎은 스타일을 선호했다. 꼭 양담배를 피었다. 밤이면 출근도장을 찍듯 유흥업소를 방문하여 밤무대를 즐겼다. 양주와 팁은 당연히 먹고 싶은 대로, 짚이는 대로였다. 양주가 안 받아 토하면서까지 마셨다. 신용카드가 무엇인지 몰라 무조건 현찰 박치기였다. 업소에서야 당연히 가장 환영받는 인물인 동시에 가장 호구인 셈이었다. 국산차에서 외제차로 바뀌더니 트렁크 안에는 칠 줄도 모르는 골프채가 가득했다.

그의 아내는 더욱 가관이었다. 중형차를 직접 끌고 다니며 쇼핑 중독이 점점 심해졌다. 남자와는 달리 뚱뚱한 몸이라 늘 펑덩한 원피스 차림이었다. 금반지, 금목걸이, 금귀고리, 금팔찌, 금시계, 심지어 금 발찌까지 온몸에 금을 두르고 다녔다. 피부미용실에서 아무리 때 빼고 탈색을 해도 시커먼 피부는 좀체 유체 이탈할 생각이 없어 보였다. 남편의 외박이 잦아지자 그의 아내 역시 밤무대를 아니, 낮무대로 진출했다. 요즘 명칭이야 스포츠댄스로 바뀌었지만 당시는 카바레였다. 무슨 빤한 삼류소설처럼 제비 한 마리 만나더니 애지중지 키우면서 불륜의 깊은 늪으로 빠져들었다.

어느 여름날, 그가 보낸 현판식 초대장이 도착했다. 무슨 뜬금없는 현판식인가 했더니 직원 열 명을 채용하고 본격적으로 정치판에 뛰어든다나 어쩐다나였다. 참으로 지나가던 소가 우유 먹고 트림할 소리였다. 일자무식에 만날 밤무대나 뛰는 놈이 무슨 정치냐고 했다. 주변 사람들 이야기가 아무래도 브로커 농간 같다고 했다. 들리는 소문에 의하면 수십 억 현찰로 십여 년에 걸친 사채놀이를 통해 백억 대가 넘는 자산가가 됐다는 거였고 그걸 놓칠 리 없는 정치 브로커가 택도 아닌 인물에게 택도 아닌 방송으로 꼬드긴 것 같았다.

나는 절대 말리지 않았다. 평소 내 의견이면 거의 무조건적으로 따라주던 그였지만, 제 아무리 현찰을 디밀어도 골이 빈 정당이 아니고서야 그런 인물을 공천할 리도 없을 뿐더러 무소속으로 나간다 한들 떨어질 것은 빤했고 더 중요한 것은 이참에 비싼 인생 공부나 한 번 더 시켜보자는 뜻이 컸었다. 그는 나보다 훨씬 연배였다. 하지만 성장통이란 본시 죽을 때까지 겪어야 할 일 아니던가. 브로커에게 사기를 당하든 말든 내 알 바 아니었다. 그러나 딱 한 마디만 조언 아닌 충고를 했다. 개나 소나 달고 다니는 금배지에 재산 털릴 일 있냐. 그 돈으로 차라리 지역 발전을 위해 좋은 일에 써라. 쉽게 들어온 돈 쉽게 나가는 거 시간문제다, 였다.

결말은 과정도 존재하지 않는 단편소설로 끝이 났다. 시간이 한참 지난 뒤에 알게 된 사실이지만 브로커에게 뜯긴 돈만 수 억, 정치인 흉내 낸다고 뿌린 헛돈이 수 억, 사무실 임대료와 직원들 월급에 거의 밤마다 퍼마신 술값까지. 그 와중에 여자 넷을 거느렸다. 하나같이 유흥업소 여성들이었고 아파트 한 채씩에 매달 생활비를 지급했다.

무엇인가 망할 징조는 또 있었다. 아내의 바람이었다. 젊은 제비족과 놀아나던 그녀는 삼류 소설 스토리답게 남편 몰래 야금야금 빼돌린 돈으로 상가와 아파트를 사줬다. 주변 사람의 입으로 남편 귀에 들어갔다. 간통죄 폐지 전이라 고소를 당했다. 나는 결사적으로 이혼을 막았다. 고소를 취하하고 생활비만 주는 조건으로 일단락 지었지만 그가 마음을 돌이킨 것은 호된 내 질책 때문이었다. 당신이야말로 천하에 몹쓸 놈이고 나쁜 놈이라는 취지와 아내를 그렇게 방치한 당신 죄질이 더 크다는 질책이었다.

첩이 첩꼴은 죽어도 못 본다고 했다. 젊은 첩들에게 한참 밀렸던 세컨드가 몇 년 전, 절반에 가까운 재산을 빼돌려 젊은 놈이랑 외국으로 튀었다는 소문이 들렸다. 째지게 가난했던 시절의 그들이 떠올랐다. 비록 가난했지만 사랑과 배려, 가족애로 똘똘 뭉쳐 지내던 그적의 그들 모습은 온 데 간 데 없었다.

희망의 시력이란 물질만 갖고 밝아지는 게 아니었다.

아주 지극히 현실적인 어느 시인의 옹알이

원하옵건대, 삶이여.

지금까지 당신이 이토록 우리를 사랑하사 오늘도 우리는 새벽 종소리에 일어나 당신 발 앞에 공손히 무릎을 꿇고 머리 조아립니다. 심히 오래전, 당신이 우리를 이 땅에 불러와 우리가 존재할 수 있었으므로 오래 전의 궁핍함으로부터 시방 번영을 일깨우고 있는 중입니다만, 하찮은 이 땅에서도 이루어지지 않는 일들이 어째서 그 거룩한 하늘에서는 이루어질 수 있다는 것인지 머리에 총 맞지 않은 이상 의문이 아니 들 수 없습니다. 그것을 숙명이니 운명이니 따위로 엄숙한 훈도를 내리신다면 우리 같이 무지몽매한 백성들이야 하늘에서 이루어지는 것들은 몽땅 하늘의 것이라 여길 것이니 부디 쓰레기 한 톨이라도 다 가져가시길 간절히 부탁드리는 바입니다. 솔직히 말씀드리자면 가뜩이나 온갖 쓰레기가 넘쳐나는 이 땅에 그곳 쓰레기까지 담을 여력이 없음을 고백합니다.

바라옵건대, 삶이여.

오늘날 거룩하게 하사하시는 일용할 고통을 일찍이 우리에게 일용할 양식이라는 이름으로 구라를 치셨지만, 시대의 흐름에 따라 이제 그 구라에 대한 인식이 약간 변화의 조짐이 보이는 것도 사실입니다. 그것은 당신에 대한 우리의 굳건한 믿음에 어떤 변질의 싹이 트는 것이 아니라 그저 약간의 변화를 요구하는 것뿐이니 부디 노여워하지 마시고 요컨대, 언뜻 들으면 마치 무료로 하사하는 듯한 그 일용할 양식이라는 것들이 왜 하나같이 공짜가 아니며 왜 이토록 견디기 힘든 고통을 수반해야 하는 것인지 사뭇 궁금할 따름입니다.

그리하여 일찍이 당신께서 고통이 범죄를 잉태하고, 범죄가 전쟁을 낳고, 전쟁이 기아를 낳느니라, 이렇게 아주 톡 까놓고 가로되 하였더라면 금수저 흙수저 따위도 존재하지 않았을 것이라 사료됩니다. 하여, 제발 그 얼어 죽을 사랑이니 자비라는 말로 더 이상 우리를 헷갈리게 하지 마시고 가만 내버려 두소서. 그냥 그렇게 살다가 죽게.

청하옵건대, 삶이여.

대개 나라와 권세와 영광이란, 우리를 긍휼히 여기시고 굽어살피는 존귀만이 거둘 수 있는 일이오니 일체 무식하고 미천한 우리에게 너무 많은 것을 요구하지 마십시오. 당신이 하루하루 내리는 과제만으로도 머리가 지진이 날 지경 이온대 어찌 우리가 감히 존귀의 영광과 권세를 이루겠나이까. 조금 유식하게 아뢰자면 그야말로 언어도단이요 어불성설이라고 생각하는 바, 제발 이 땅의 모든 권세와 영광과 그곳의 권세와 영광을 분리수거하여 우리를 더 이상 허덕이게 하지 마소서. 무릇 수고 하고 무거운 짐 진자들아 다 내게로 오라고 하셨던 그 은혜로운 말씀과도 정면 배치되는 일임을 감히 말씀드립니다. 더구나 수천 년이 지나도록 우리의 기도에 전혀 응답이 없으신 채 존귀께서 밤낮으로 주무시는 동안 그 짐은 갈수록 커져 감당이 불감당이 돼버렸으니 이제 짠돌이 노릇도 엔간히 하소서.

그렇더라도 삶이여.

참으로 범사에 감사합니다. 한낱 미물에 가까운 우리 생을 위하여 천축보다 더 먼 길을 밤낮없이 다니시는 당신의 역마살에 경의를 표하며 그 수고로움에 우리가 찍 소리 못 하고 당신의 발 앞에 납죽 머리를 조아립니다만, 딱 한 가지 간곡한 청이 있사오니 부디 외면은 하지 마십시오. 다름이 아니오라 매일 당신의 발 앞에 머리 조아릴 때마다 아주 지독하게 발 고랑내가 진동을 하오니 제발 그 발 좀 씻고 부디 족체(足體) 보존하소서.

에이 맨,

우리는 가끔 마주치는 황홀함으로 살아간다

비지땀을 흘리며 암벽을 타고 오르다 바위틈에 난 이름 모를 풀꽃과 마주치는 순간, 우리는 아주 잠깐이라도 그 풀꽃에 시선이 멈추게 됩니다. 그 꽃이 아름다워서라기보다 바위틈이라는 신기한 환경 때문입니다. 보이는 것과 듣는 것만으로도 신기한 것은 참 많습니다. 오로라가 그렇고 신기루가 그렇습니다. 곤충의 세계를 조금만 자세히 들여다보면 그들의 조직사회가 얼마나 정교한지 감탄이 절로 나옵니다. 현대 공법으로도 짓지 못하는 수천 년 전의 건축물을 보면 경이롭다 못해 경외감마저 듭니다. 자연 앞에서는 비록 초라한 존재지만 우리 인간 역시 경이로운 동물임에는 틀림없습니다.

그러나 보이지 않는 것과 들리지 않는 것에서는 더 신기한 것들이 많습니다. 그것을 흔히 본질 혹은, 진실이라고 이야기합니다. 여태껏 그렇게만 알았던 것의 본질이나 진실이 드러날 때의 그 황홀함이란 이루 말할 수가 없습니다. 이유는 간단합니다. 우리 뇌에 고정적으로 인식된 형상이나 소리가 깨지는 순간이기 때문입니다. 보통은 고정관념이라고 말하지만 여기서 말하고자 하는 것은 내 의지대로 고정관념을 바꾸는 것이 아니라 철석 같이 믿었던 고정관념이 무너지는 순간을 말함입니다. 그것은 곧 황홀함입니다. 말과 글에 내심이나 이면이라는 것이 존재하는 것처럼 말입니다. 당연히 좋지 않은 것과 나쁜 것을 지칭하는 게 아닙니다. 황홀이란 단어 자체가 대부분 나쁜 것에 쓰이지 않기 때문입니다.

사진 속에 담긴 놀라운 광경들, 역사 속에 숨겨진 비화들, 콧잔등 시큰하게 만드는 미담들, 갖가지 예언들, 전혀 상상도 못 해 봤던 자연의 기이한 현상들, 가끔은 내 자식이, 내 아내와 남편이, 내 이웃이 형언할 수 없을 정도로 큰 감동을 주곤 합니다. 이런 일들이 우리 생의 커다란 궤적에 비하면 지극히 작은 알갱이에 속하겠지만, 그것은 단순한 황홀함이 아니라 우리가 살아가는 데 있어서 충분히 삶의 원천이 될 수 있기 때문입니다.

이렇듯 우리는 가끔 마주치는 황홀함으로 살아갑니다.

어느 포장마차에서의 녹취록

요즘 진짜 꼴 보기 싫은 새끼들이 누군지 아냐? 국개의원 놈들이야. 개새끼들, 조폭 새끼들은 의리나 있지. 그 새끼들은 의리고 나발이고 좆도 없어요. 제왕적 대통령이 어쩌구저쩌구 만날 떠들면서도 결국은 흐지부지야. 주군에게 거머리처럼 찰딱 붙어서 온갖 아첨을 떨고 주군 이름 팔이하다가 대가리 좀 컸거나 정권 말기쯤 뭔가 힘이 떨어진다 싶으면 때는 이때다 하고 바로 선긋기 하거나 어느 땐 등에 칼도 꽂아요. 사실 적폐고 지랄이고 진짜 깡그리 청산해야 할 놈들이지. 온갖 구라와 대빵 이름으로 몇 번이고 당선될 수 있는 제도를 확 뜯어고쳐야 돼. 국개의원은 몇 선까지만 해야 된다 뭐 이런 식으로. 대통령 탄핵은 있어도 국개의원 탄핵은 없어. 꼭 부정한 짓이 드러나야 당선무효가 되니까 다음에 또 구라 치고 인기 있는 당이나 대가리에게 딱 붙어 껌딱지하면 되거든. 그러니까 국개의원 뭐 내려놓기 따위 할 놈 단 한 마리도 없는 거지.

사람이 말이야 생각하는 동물이라구. 그런데 여야라는 입장을 내세워 어떻게 백 수십 명이 넘는 놈들이 당이 정한 대로만 가냐구. 당론이라면 무조건 그냥 밀어붙이면 되는 거야? 생각도 없이? 당론이면 국민들 뜻에 다 맞는 거야? 그리고 개인마다 자기 생각은 하나도 없는 거야? 소신이라는 명분으로 혹시 반대라도 해봐. 반대한 놈 곧바로 집단 왕따 당해. 거 좆나게 웃기지 않냐? 욕을 바가지로 처먹어도 당론이라고 끝까지 버티는 놈들은 그런대로 봐 줄만 해. 정말 더러운 새끼들은 바로 철새들이야. 그 새끼들이야말로 정치철학이고 나발이고 대가리에 똥만 잔뜩 들은 놈들이지. 대체로 아주 낯도 두꺼워요. 그런데 또 희한하게 그런 놈들이 몇 번씩 해처 먹는다는 거. 크크, 블랙 코미디가 따로 없는 거지.

애네들 정치 보복하는 거 보면 딱 횟칼 들고 설치던 조양은이 패거리 같애. 다 아는 얘기지만 옛날 주먹들은 낭만이라도 있었지. 요즘은 정객이라는 그 낭만적 단어가 사라진 지 옛날이야. 아니, 사망한 거지. 오로지 그냥 아군 적군, 이합집산, 정경유착, 돈과 명예야. 국개에 상임위원장이라는 자리가 있어. 정권 바뀌면 그 자리 때문에 눈깔 터지게 싸운다. 왠 줄 알아? 그 자리가 바로 권력을 이용한 돈 빼먹는 자리거든. 그나마 요즘은 보는 눈들이 예전 같지 않으니까 좀 덜해요. 근데 신상 털기하면 안 걸릴 놈 거의 없을 걸?.

그리고 이 놈들 월급은 왜 그렇게 많은 거야? 그 이유를 정말 모르겠다구. 즈덜은 세비라고 말하는데 그 세비 속에 똥폼유지비라는 게 있어요. 나참, 더럽게 웃기지. 일은 거의 안 하고 밤낮 싸움질로 꼬박꼬박 공돈 받아가는 자식들에게 뭔 놈의 유지비가 필요하다는 거야? 백범 선생이 무덤에서 엉엉 울겠다. 그게 다 국민들 혈세란 말야 혈세! 또 무슨 특권들은 왜 그리도 많은지 당최 이해가 안 돼요. 그렇게 욕을 얻어 처먹으면서도 악착같이 금배지 달려는 이유가 참 많기도 하겠지만, 거 뭐 비례대표라는 이름으로 얼떨결에 배지 다는 애들, 흐흐흐, 애네들은 도대체 뭐냐?

좌우간 정치하는 놈들 통틀어 가장 죄질이 큰 것은 뭐니 뭐니 해도 지역감정 조장, 세대 간 갈등 조장이야. 개새끼들, 그리고 하여간 좌파든 우파든 대선 때마다 그런 선전 선동에 적극 앞장서는 언론, 정적 쳐내는데 철저하게 충견 역할하는 검찰, 이것들도 싸그리 물갈이해야 돼. 쇄신이라는 미명 아래 마녀사냥식 신상털기는 기본이고 또 그렇게 탈탈 털어서 하늘 우러러 한 점 부끄러울 놈 없으면 나와보라구 해. 없으면 내 당장 손가락에 장 지지고 떨이로 내 똥꼬에 말뚝 박을게.

기초의원? 햐, 애네들 얘기하면 눈깔 또 확 뒤집어져. 이것들이 그야말로 개나 소나 배지 달고 국개의원 흉내 내는데 거의 못된 짓만 골라서 배워요. 킥킥, 우리나라 디게 부잔가 봐. 그런 애들 월급까지 꼬박꼬박 주고 있으니 말야. 선거 때 보라구. 개나 소나 다들 국민의 뜻이고 구국의 결단이래. 뭔 귀신 싯나락 까 처먹는 소린지 도통 알 수가 없다니까. 좀 엔간히 우려먹어야 귀담아듣지. 그거 언제 적 구라냐구? 나원, 무슨 용비어천가도 아니고 말야.

사실 뭐 애네들도 그렇지만 진짜 문제는 바로 언론이야. 언제부터 대한민국이 언론이 찍어가는 좌표대로 흘러간다는, 아주 좆같은 현상, 이거 정말 뿌리 뽑으면 안 돼. 한쪽만 죽어라 털고 다니는 방송, 별 거 아닌 일도 막 부풀려서 의혹을 잔뜩 늘어놓곤 여론몰이 하는 것. 들어보면 정말 그럴 수가 있나 싶은데 나중에 보면 아무것도 아니야. 아니면 말고로 쓱 넘어가지. 그때 다른 의혹을 터뜨려 놓곤 지난번 아님 말고는 덮어버리는 거야. 그때 현 권력 입맛에 맞는다 싶은 의혹이면 돌격대를 앞세워 마구 잡아들이는 검찰, 참 죽이 척척 맞는 거지. 정권이 바뀔 때마다 저 따위니 저 새끼들 대체 누가 믿겠냐구. 진짜 소신 있는 놈은 한 번도 본 적이 없어. 있어도 졸지에 반역자가 되버리거든. 하튼, 그냥 날파리 같애. 아니 조금 유식하게 말하면 환관들 같애. 개네들은.

극과 극은 통하는 게 아니고 밀어낸다는 그 간단한 원리도 모르냐? 빨갱이니 꼴통이니 그거 구시대적 발상인 것은 맞아. 그런데, 좌파든 우파든 대한민국에 진짜 좌파 우파가 어딨냐구. 엄밀히 말하면 진보와 보수지. 그 중간에 중도보수가 있고. 그런데 이것들은 밤낮 빨갱이랑 꼴통 보수라면서 칼 막 휘두르고 무슨 헛점만 보였다 싶으면 서로 못 잡아먹어 으르렁댄단 말이지. 그건 또 뭐 그렇다구 쳐. 그런데 아무리 봐도 그렇게 피터지게 쌈박질 하등의 이유도 없는 별 좆같은 꼬투릴 갖고 마치 나라 전체를 말아먹었거나 엄청난 범죄나 저지른 것처럼 지랄발광들이라니까? 여당이 만든 법안은 무조건 야당이 반대, 야당이 만든 법안은 무조건 여당이 반대야. 그래 놓곤 사회적 이슈가 될 만한 문제가 터지면 슬쩍 덤으로 껴서 조건부로 제시해. 그게 일괄타결이라는 거야. 으흐흐흐, 미쳐요. 아니 민생법안이 무슨 뒷골목 장사아치들 거래냐구. 다 즈덜 나와바리 때문에 그러는 거지. 암튼, 항상 극과 극을 달리는 놈들이야. 그렇게 서로 밀어내면 민심까지 둘로 쪼개져서 결국 나라 망하는 거밖에 더 있냐구. 나라와 백성을 위해 일하겠다고 설치는 놈들 꼬락서닐 보면 과연 목민심서나 한 번 읽어봤을까? 글쎄, 솔직히 의문이다.

권불십년이라구 그랬다. 지금 힘 좀 있다고 그 힘만 믿고 마구 설레발 까다간 설레발 깐 것 만큼 부메랑이 된다는 것을 알아야지. 지나온 정권들 다 그랬잖아. 지금도 그렇고. 진정 백성을 위하는 임금이라면 어쩌면 사상 따위도 다 필요 없는 것인지 몰라. 어차피 동일한 사상과 이념으로 뭉친 국가라면 지나간 과오 적당히 나무라고 타일러서 모두 아으르고 백성들 배 곯리지 않고 그 가운데 우뚝 서는 거 그게 곧 성군이지 무슨 개뿔....

아무튼 어리석은 백성들 덕인지 정치꾼들이 영악한 건지는 모르겠지만 아, 대한민국, 정말 웃기는 나라야.

코스모스 꽃밭처럼 아름답게 흔들린 생일선물

이사를 하면서 늘 애물단지 취급을 당하는 것은 이상하게 책들이다. 이삿짐센터 직원들도 살살 눈치를 보기 일쑤다. 차곡차곡 재여진 책 박스는 여느 짐보다 부피는 작아도 무게가 훨씬 무거운 탓이다. 이사를 하면서 잃어버리거나 누군가 빌려간 뒤 종내는 돌아오지 않거나 kg당 얼마씩 팔아먹은 아내의 범죄까지 그동안 솔솔 빠져나간 이상 문학상 수상집이 마치 이빨 빠진 모습으로 책장에 꽂혀 있거나 바닥에 탑처럼 쌓여 있다.

이상 문학상, 문학을 하는 사람들이라면 무슨 훈장처럼 한 번쯤 타보고 싶은 상 아닌가. 매년 발표되는 수상자들의 수상소감과 자서전적 후기를 꼭 읽어보곤 한다. 한때, 어머니나 아버지의 묘에 가서 목 놓아 울어야겠다던 풍의 소감들이 유행처럼 쓰인 적이 있다. 지금 생각해 보면 약간 유치 찬란한 악극 대사 같지만 수상을 위한 거짓이든 소감을 위한 진실이든 수상소감도 추세가 있는 모양이다.

수상작을 보면서 종종 느끼는 거지만 막상 뚜껑을 열고 한 장 한 장 읽어내려가면서 적잖이 실망할 때가 있다. 그 요란한 추천과 후한 점수를 얻게 한 문학평론가들의 비평에 비하여 더러는 우수작으로 뽑힌 작품들이 눈에 들어올 때가 많았으니까.

파란 은박지에 정성이 담긴 손길로 두 겹을 쌌다. 그 겉에 서로 다른 색깔의 줄로 예쁘게 리본을 달았다. 느낌에 책 같았다. 선생님 죄송해요 하면서 내미는 손엔 왠지 계면쩍음과 부끄러움이 묻어 있다. 뭐가 죄송하다는 건지 잘 모르겠지만 그 말을 받아 불쑥 던진 내 말은 햐! 거 포장 한번 거창 하다였다.

나는 확실한 반응이 두 가지가 있다. 누군가에게 칭찬을 들으면 뒤통수에 땀이 나고 작은 선물에 너무 정성이 담겨 있으면 엉뚱한 말이 튀어나오곤 한다. 잊지 않고 있다는 사실이 너무 고맙고 감사하다는 뜻이지만 그것은 마치 내가 아끼고 사랑하는 사람이 아프다고 할 때 애처로운 마음을 넘어 괜히 화가 나는 현상과 동일한 반응이랄까.

오늘도 그랬던 듯싶다. 책 한권에 들인 마음이 한 눈에 알아볼 수 있을 만큼 정성으로 가득 차 있었기 때문이다. 어떻게 알았는지 귀신처럼 내 생일을 기억하곤 주님(酒)을 권하는 제자들보다도 문자와 전화 한 통으로 땜빵을 해치우는 내 자식들 보다도 친구 딸이 선물한 책 한 권은 나에게 감동 그 자체였다.

리본을 풀고, 포장지가 아까워 찢어지지 않게 살며시 뜯었다. 이상문학상 작품집 대상 수상작 권여선의 사랑을 믿다였다. 사랑이라는 명사보다는 믿다, 라는 타동사에 마음이 더 쏠리는 제목이다. 페이지를 뒤로 다 넘기고 그녀의 수상소감부터 본다.

"그래, 나 잘 쓴다 생각하는 순간 피식 거품이 꺼지고 무언가 바싹 움츠라드는 소리가 들립니다.
틈만 나면 잘난 체하기 좋아하는 제가 글 앞에서는 흡사 벌레와 같다고 느낍니다.
그깟 꼬물꼬물 한 벌레가 잘났으면 얼마나 잘났고, 채찍질을 한들 얼마나 빨리 갈 수 있겠습니까."

연극을 하면서 나는 참 어지간히 상복이 없었다. 대상의 의미가 담긴 수상 직전에 모두가 납득하기 어려운 번복으로 두어 번 탈락했던 쓰라린 경험은 연극판에 대해서 알게 모르게 심적으로 묘한 반감을 불러일으켰고 훈장이 필요한 사회의 구조적 요구에 부응하지 못한 것 같아 내 자신이 매우 못난 놈으로 여겨졌다. 그러다 몇 년 전, 정말 아주 뒤늦게 연기상을 수상했다. 그때 나는 인터뷰를 하면서 수상소감을 이렇게 말했던 듯싶다.

"혹시 다른 사람이 타야 할 상을 내가 가로채는 건 아닌지 모르겠다.

배우의 몸짓과 소리는 무대에서 그냥 사라지는 게 아니라
저 먼 우주의 어느 공간으로 날아가 저장된다고 생각한다.
개인의 역사는 그렇게라도 기록된다고 본다.
이 시간 이후로, 정상적인 내 야행성 생활로 돌아가 기쁘다.
낮에 잠이나 실컷 자야겠다."

코스모스 꽃밭처럼 아름답게 흔들리고 싶다는 권여선의 문학적 감수성처럼 오늘 나에게 선생님 죄송해요 하면서 계면쩍어하던 친구 딸의 앞날이 코스모스 꽃밭처럼 아름답게 흔들리며 살았으면 좋겠다.

갈 숲에 앉아

하늘의 저 희귀한 무연(無緣)의 이치를 모르면 샛강의 푸르름이 바다로 가는 이치를 어찌 알랴. 부둣가 선술집에서 흘러나오는 니나노 가락에 가슴 시림이 없으면 어찌 인생을 논할 것인가. 인생을 종종 부운 몽(浮雲夢)이라고 설(舌)을 푸는 이유는 이생(二生)의 올곧은 경작을 위해 견고한 탈곡기를 준비하라는 전생의 권유가 아니었을까.

인생을 흔히 소풍 길에 비유하거나 부운 몽에 비유하지만, 이왕 부모님 몸 빌려 세상 빛을 보았으니 죽음 앞에 이르기까지 참으로 옹골찬 생의 경작을 해야 하거늘 돌이켜 보니 생은 이미 잘 구획된 논밭이었는데 연장 투정으로 세월만 허비한 것 같다는 생각을 떨칠 수가 없다. 그러나 생이 이미 정해진 코스로 가는 것이라고 단정 지으면 그만한 허무도 그다지 환영받을 일은 못 될 것이다.

출세와 성공이라는 가도를 거침없이 질주하는 튼튼한 종마의 샘플을 모아 놓곤 누구나 그렇게 돼야 한다고 강요하는 시대, 어쩌면 이러한 사회적 DNA 구조가 진화를 거듭하여 먼훗날 우리는 출세와 성공이라는 두 줄의 직조만 짜는 기술자가 될지도 모른다. 자궁 안에서 부여받았던 인간 본성의 DNA가 퇴화하고 살벌하기 이를 데 없는 진짜 약육강식의 시대가 도래할지 모른다. 이러한 조짐은 이미 시작되고 있지만, 지금도 그 목적을 위해서라면 비상식이 상식처럼 통하고 비이성적인 일들이 아무런 제제나 통제가 없이 횡행하고 있다. 최소한의 인간적 본능마저 흔적도 없이 사라져 오직 출세와 성공만이 존재하는 세상이 온다면 이 시대는 그저 애교에 지나지 않을 것이다.

얘기가 약간 옆으로 새는 듯해 다시 본론으로 가 보자.

동서고금을 막론하고 인생에 대한 도(道) 튼 말들이 얼마나 많았는가. 제법 오래전 조선고승한시선(朝鮮高僧漢詩選)이라는 책을 처음 접했을 때 그 신선함에 한동안 매료되었었다. 그러나 거듭 읽어볼수록 대부분의 결론은 우리 인생을 부운 몽이나 소풍길로 결론을 맺는 것들이어서 현생에 대한 지표 따위는 없었다. 인연으로 이 세상에 왔으니 어떤 허상이나 욕망에 얽매이지 말고 그냥 자연의 한 조각처럼 자연스럽게 살다 가라는 메시지가 주를 이뤘다. 역설적으론 그것이 곧 지표가 되겠지만, 어째 좀 싱겁기 짝이 없는 느낌이랄까. 지나온 길 잠시 멈춰서 돌아보면 지금까지 무엇인가에 이끌려 온 듯한 느낌이고 어느 것 하나 뜬 구름 잡는 일 아닌 것이 없었다.

생각해보면 사악한 것도 결국 인간 본성 가운데 하나이니 그것은 그것일 수밖에 없는 것처럼 우리가 흔히 접하고 말하는 인간답게 산다는 것도 실은 획일적인 부분이 있다. 가령, 모든 인간이 성직자로 산다면 그게 과연 인간다운 삶이라고 할 수 있겠는가. 사탄이 있어야 천사도 존재하는 법이다. 그 반대로 모두 범죄자로 산다면 그 또한 인간다운 삶이 결코 아닐 것이다. 다시 말해 전생과 현생, 그리고 이생의 삶은 각각 따로 존재하는 것이니 모든 삶을 뜬 구름 잡는 일로 치부해서는 안 될 노릇이겠다. 열심히 살되 너무 높은 것만을 바라보는 삶은 되지 말자는 충고쯤으로 받아들이면 현실에서 부대낌들이 조금은 덜 무겁지 않겠나 싶다.

언젠가 들판이 익어가는 갈대밭에 앉아 하늘이 내게 준 일 몫이 과연 무엇일까를 골똘히 생각하다가 오래전의 나는 본래 비존재이므로 죽어서도 갈 곳이 없다라는 결론을 얻었다.

내 마음의 보석상자

들판은 비어 있었다. 들판 너머로 작은 야산들이 병풍처럼 굴곡을 이루고 들판 복판으로 지렁이가 지나간 자국처럼 황톳길은 그렇게 나 있었다. 혹간 지나다니는 버스가 자욱한 먼지를 꽁무니에서 뿜어냈지만 갓길처럼 나 앉은 농로가 이정표 노릇을 했다. 주황의 빛깔로 청자빛 하늘에 매달려 있는 감이 올망졸망한 마을 어귀 마다 보초를 서고 있었다. 고사목 아래 커다란 평상이 놓인 마을이 눈에 들어왔다. 그 사각의 공간 위엔 완전한 자유를 넘어 한가로움이 진하게 배어 있었다.

토굴생활에서 벗어나 이제 막 요사채를 하나 지었다는 소식을 들었다. 감이 떨어지고 추수가 끝날 무렵이면 동안거에 들어갈 차비를 한다는 전갈이었다. 요사채는 이제 초벌구이를 마친 도자기 같았다. 너무나 고통스러운 연극을 때려치우고 차라리 머리를 깎았다는 후배였다. 배우로서 제법 잘 나가던 그가 한동안 안 보이자 자살을 했다, 밀항선을 탔다카더라 통신이 요동을 쳤었다.

– 자신에 의해 악은 행해지고, 자신에 의해 사람은 더러워진다. 또 자신에 의해 악은 행해지지 않기도 하고 깨끗해지기도 한다. 깨끗함과 더러움은 자기 자신에 달려 있다. 아무도 남을 깨끗하게 할 수는 없다. – 〈법구경〉

그의 앉은뱅이책상 앞 바람벽에 먹으로 휘갈겨 쓴 이 같은 글이 벽에 붙어 있었다. 세속의 연으로 만났을 땐 나는 까마득한 그의 대선배였지만 그때는 경우가 달라서였을까 우리는 첫 대면부터 표정이 조심스러웠다. 어색한 미소에 어색한 합장부터가 그랬다.

사위가 어둑해질 무렵이었지만 골짜기는 이미 어둠이 짙게 깔려 있었다. 밑동이 거대한 고목나무처럼 촛농이 녹아내린 위에 촛불을 밝히고 스님과 나는 나지막한 음성으로 도란도란 이야기를 풀어나갔다. 쥐라기의 공원처럼 밤이 이슥해질 무렵 나는 곡차를 꺼냈다. 배우로 활동할 때에도 음주와 흡연을 안 했던 스님이라 나는 오히려 당당했다. 아니 어쩌면 그는 내가 선배였기에 눈감아 주고 있는지도 몰랐다.

"내 마음의 보석상자가 무엇인가요?"

몇 순배 자작을 하고 나자 뜬금없이 내게 던진 질문이었다. 그의 입에서 예전처럼 형님이나 선배님이라는 호칭이 생략되듯이

나 역시 스님이라는 호칭이 생략된 채였다. 묵시적 동의였다. 질문의 요지가 인생관을 묻는 것인지 가치관을 묻는 것인지 애매했지만 딱히 무엇이라 대답하기도 곤란한 질문이었다.

"내 삶에 버금가는 소중한 가치일지라도 영속성을 지닌 보석상자는 없는 것 같아요."

듣기에 따라 옹색한 답변이 되겠지만 실은 나는 속으로 제법 운치 있는 답변이라고 생각했다. 그의 법명은 혜초였다. 내 답을 들은 혜초는 잠시 말이 없더니 이내 엷은 미소를 지으며 말을 꺼냈다. 나는 지금도 그의 말을 이해할 수 없다.

"세상의 번뇌가 별빛이지요. 나는 그 별빛을 먹고 살아요. 그 별빛이 내 마음의 보석상자랍니다."

머리를 깎으면 죄다 이렇게 말들이 어려워지는 건가. 내 입가엔 비웃음이 아닌 비(悲)웃음이 흘렀다. 은가루처럼 쏟아지는 달빛에 풀잎이 반짝거렸다. 소주 두 병을 비울 때쯤 요사채 주위는 적요가 휘휘 감겨 왔다. 그가 좋아하는 봉숭아를 불러주었다. 통기타의 선율이 내 목소리를 타고 밤 골짜기를 휘돌았다. 그와 나는 별빛보다 큰 달빛 번뇌를 먹고 있었다.

처음처럼 마지막처럼

우리가 약속한 장소에 우리만 아는, 우리의 날들을 남겨두는 것이다. 다투어 잎을 버리는 추억 따위 더는 없어야 한다. 다음 만남을 위하여 세월이 빨리 건너뛰기를 바라는 마음 따위도 이젠 사라져야 한다. 추억이 쌓인 길 위 그 어디쯤에서 되돌아보면 노을은 가연성이 빨랐고 수많은 별들이 수없이 스러져갔지만, 노을은 여전히 둥글게 지고 별들은 지금도 망초꽃 무리 진 듯 영화롭다. 설령 우리가 빈 들녘에 피어난 햇살 몇 줌 손에 쥐고 누구도 기억하지 못하는 꽃으로 피었다 사라져도 내가 기억하는 당신의 냄새와 당신을 위해 불러주었던 나의 노래가 그 어떤 향긋한 절망도 우리를 쓰러뜨리지는 못할 것이다. 암술의 씨방이 터진 것처럼 당신의 냄새는 내 후각에 특화된 느낌일 정도다. 그간 머물렀던 냄새들을 모두 지워버린 당신의 처음 냄새를 마지막처럼 기억할 따름이다.

내게 다가오는 것들은 항상 순서가 없다. 생각해보면 그것들의 무게는 각각 다르다. 그 가운데 어느 것이든 하나가 호기심으로 변질되는 순간 비밀에 싸였던 무게가 벗겨지고 그 무게에 짓눌리거나 오랏줄이 되어 생각지도 않은 발 묶음이 돼버리곤 한다. 성찰이라는 놈은 항상 그 무게에 감염된 균을 뒤늦게 가르쳐주곤 내 손의 과오를 환히 비춘다. 통찰력의 얄팍함이나 부재를 탓하기엔 너무 늦어버리는 경우가 허다하다. 허둥지둥 결별을 선언하고 내친김에 그와 비슷한 유형의 것들 몇 개쯤 더 버리곤 하지만 그렇게 버려진 것들 가운덴 먼 훗날 진실 한두 개쯤 찾아와 내 뒤통수를 사정없이 후려치곤 한다. 꺾어지는 생의 길목 어디쯤 기다리고 있다가 반짝 꽃등을 켜고 가소롭다는 듯이 비웃는 것이다. 내 통찰력 불임에 대한 질타다.

기억은 항상 흐린 비늘이다. 머나먼 곳에 저장된 것일수록 비늘렌즈는 조금 더 두껍다. 기억에 세월이 묻으면 백태까지 낀다. 그리하여 기억 한 올 선명하게 떠올린다는 것은 무척 어려운 일이다. 그런 것과는 전혀 상관없이 선명하게 각인된 기억들을 트라우마 혹은, 주홍글씨라고 부른다. 그러므로 변명의 각주(脚註)가 많이 붙을수록 생은 슬프기 마련이다. 비밀이 많으면 고뇌가 커지는 것과 동일하다. 그것들은 항상 인연으로부터 출발하고 끝이 난다. 생을 떠받들고 있는 인연의 주랑(柱廊)들이 하나둘 씩 무너지거나 사라져 갈 때 비로소 죽음 앞으로 다가가는 것이다. 죽음은 마지막으로 내려지는 생의 엄숙한 훈도다. 결국 모든 궤적을 다 그리고 나서야 겨우 한 줌 얻는 내 육신의 녹(綠)이다. 어떤 형질로

든 자연으로 돌아가는 것이기 때문에.

진정한 안식을 얻기 위해선 지나간 사랑들이 우르르 몰려와 진실로 내 생의 사랑이 아니었다고 비웃을 때 어느 한 시절 사는 것이 너무 무료하고 고독해서 벌인 놀이였음을 솔직하게 고백하고 용서를 구하는 일이다. 왜냐하면 지금 당신 곁에 있는 모든 반려들로부터 면죄부를 얻을 수 있는 좋은 기회이기 때문이다. 일정량의 암흑들이 자신 안으로 잠수하여 시시 때때로 노역할 분량을 줄여준다. 그 빈자리에 면죄부를 올려놓고 두 손 모아 무중력의 꿈을 부르면 비로소 암흑의 간격은 사라지고 허황된 인생 어쩌고 따위 굳이 떠올리지 않아도 된다. 죽음 앞에 다다랐을 때 생을 흔히 뜬구름에 비유하는 까닭은 사실 성공이나 실패와 관계없이 욕망의 추락과 허망을 의미하기 때문이다. 방하착(放下着)이란 어쩌면 이런 것을 미리 염두에 두고 한 말인지 모른다.

그렇더라도 신이나 벌레가 아닌 이상 좀 더 사람답게 사는 일이란, 점점 더 멀어져 가는 하루하루를 좀 더 굳센 존재의 방식으로 내 가슴 백지에 이런 문장 하나쯤 새기고 살아가는 일일 것이다.

"처음처럼 마지막처럼"

벌목 당한 기억 사이로

김상훈 수필집

초판 1쇄 : 2018년 10월 5일

지 은 이 : 김상훈

펴 낸 이 : 김락호

디자인 편집 : 이은희

기 획 : 시사랑음악사랑

인 쇄 : 청룡

연 락 처 : 1899-1341

홈페이지 주소 : www.poemmusic.net

E-Mail : poemarts@hanmail.net

정가 : 15,000원

ISBN : 979-11-6284-035-1